Hanna Meyer | Eine Liebe in Dänemark

AF187343

BoD

Die Autorin lebt mit ihrer Familie in der Nähe von Bremen. Sie hat Politikwissenschaft und Germanistik studiert und war viele Jahre an einem Gymnasium in Verden an der Aller tätig, bevor sie sich dem Schreiben widmete. *Eine Liebe in Dänemark* ist ihr zweiter Roman.

2015 erschien ebenfalls bei BoD ihr Prag-Roman *Jenseits der Flut – Eine Liebe in Prag.*

Autorenseite: www.hanna-meyer.de

Hanna Meyer

Eine Liebe in Dänemark

Roman

Bibliografische Information der Deutschen Nationalbibliothek:
Die Deutsche Nationalbibliothek verzeichnet diese
Publikation in der Deutschen Nationalbibliografie;
detaillierte bibliografische Daten sind im Internet über
http://dnb.d nb.de abrufbar.

Herstellung und Verlag:
BoD – Books on Demand, Norderstedt
ISBN: 978-3-7448-7188-4

Foto: graficstock royality licence wiwo

*Ich sehe keine Ehen schneller im Nebel verschwinden und schei-
tern als jene, die auf Schönheit und Liebessehnsucht beruhen.
Es bedarf festerer und beständigerer Fundamente sowie eines
besonnenen Blickes; all das Ungestüm führt zu nichts.*

Michel de Montaigne
(1533-1592)

Sonntagabend

1.

Kurz bevor es dämmerte, erreichte sie das Sommerhaus. Es lag am Ende der Straße. Gleich dahinter begann der Wald.
Sie war noch gar nicht ausgestiegen, schon meldete
sich ihr Vater.
„Mads Sørensen wird auch für ein paar Tage in Juelsminde sein, das hatte ich ganz vergessen, Gesa. Ich
rufe dich noch einmal an, wenn Jakob dann im Bett
ist."
Sie wusste nicht, ob sie nun lachen sollte oder weinen.
Mads Sørensen! Der hatte sie schon im Frühjahr einige
schlaflose Nächte gekostet. Und dann war er genauso
sang- und klanglos, wie er in ihr Leben getreten war,
auch wieder verschwunden. Ohne Abschied.
Kopfschüttelnd legte sie das Telefon zur Seite und
entschied sich für ein Lächeln.

Anders als sonst parkte sie nicht vor der reetgedeckten Scheune, sondern links von der Einfahrt hinter der hohen Lärchenhecke, die das weitläufige Grundstück umgab. Schließlich war sie allein hier. Ganz allein. Ohne Kinder. Ohne Max.

Der Svanevænget wirkte wie ausgestorben. Was hatte sie erwartet? Das *weekend* war vorbei, und in dieser Gegend gab es kaum noch Touristen. Die meisten Dänen, die hier direkt an der Ostsee ein Sommerhaus besaßen, vermieteten nicht mehr. Auch war der August bisher viel zu kühl gewesen, und für die nächsten Tage wurde mit Regen gerechnet.

Sie stieg aus, reckte sich und sog die frische Meeresluft ein.

Kurzentschlossen, ohne das Gepäck und die Lebensmittel ins Haus gebracht zu haben, marschierte sie durch den von Heckenrosen gesäumten Pfad zum Wasser.

Nur noch das Meer und die Bucht, Max' Bucht!

Sie sah eine Weile vom Deich aufs Meer und ging hinunter an den Strand. Sie tauchte ihre Hände ins Wasser. So kühl? Es war höchstens siebzehn Grad. Für einige Schwimmzüge würde es reichen, gleich am nächsten Morgen vor dem Frühstück.

So lange würde sie nicht warten. Rasch zog sie ihre Schuhe aus, krempelte die Shorts ein bisschen höher und setzte mutig einen Fuß ins Meer, das wie ein silberner Spiegel vor ihr lag.

Nun war sie angekommen.

Immer noch angezogen von dem weichen Licht ging sie noch tiefer ins Wasser. Und dann sah sie hinunter.

Bis auf den *Grund*.

Das *Herz wuchs* ihr *so sehnsuchtsvoll*.

„Stop it, Jeesa! Stop it!", schrie jemand.

Hastig drehte sie sich um. Da war es schon zu spät! Wie aus dem Nichts erfasste sie eine heftige Welle, warf sie um und zog sie mit sich ins Meer hinaus.

„I can't swim! I can't swim!", ertönte es vom Ufer.

Mit ein paar kräftigen Zügen gelang es ihr, an den Strand zurückzuschwimmen.

Durchnässt bis auf die Haut kroch sie zu ihren Sachen zurück.

Sie zitterte am ganzen Körper!

Dabei hatte das Meer nahezu platt vor ihr gelegen.

Sie stand auf und warf einen Blick auf die verwitterte Bank oberhalb des Strandes.

Von hier waren die Rufe gekommen.

Die Bank war leer.

2.

Inzwischen war es dunkel geworden.

Ihr war immer noch kalt, obwohl sie heiß geduscht und gleich den Kaminofen angezündet hatte. Auch die warme Leberpastete von *Brugsen* hatte nicht geholfen.

Bei Kerzenschein und Glühwein zappte sie eine Weile durch die deutschen TV-Programme und blieb bei einer Nachrichtensendung hängen. Ein Anschlag in Afghanistan und Flüchtlinge im Mittelmeer. Als dann auch noch die täglichen Schreckensmeldungen über Syrien kamen, wählte sie einen anderen Sender. Danmarks Radio, *DR1*, ein britischer Film, im Original mit dänischen Untertiteln. Dabei könnte sie sogar ihr Englisch etwas auffrischen.

Über den Weltfrieden wollte sie jetzt nicht nachgrübeln. Das wäre eher eine Aufgabe für Erik Laursen, doch der arbeitete schon seit Jahren nicht mehr für die NATO. Der hatte anderes zu tun. Er musste eine Hochzeit vorbereiten.

Erik Laursen. Der Vater ihrer achtzehnjährigen Zwillinge, dem sie die Kinder aus verletztem Stolz so lange vorenthalten hatte. Zum Glück war es noch nicht zu spät gewesen, als sie ihm schließlich die Wahrheit gesagt hatte.

Und nun, nach all den Jahren, wollte er die beiden in die Gesellschaft einführen und in seine große Familie. Am Donnerstag. Auf einer Hochzeit in Århus.

Sie hatte ein ungutes Gefühl. Der Laursen-Clan, das war nicht ihre Welt. Und auch nicht die der Zwillinge. Vergeblich hatte sie bisher versucht, ihre Söhne davon abzubringen, die Feier zu besuchen.

Sie schüttelte sich bei dem Gedanken an dieses Fest und goss noch etwas Glühwein in ihr Glas. Glühwein mitten im Sommer!

Da sie sich auf den Film nicht konzentrieren konnte, stellte sie den Fernseher aus und beschloss, etwas zu arbeiten.

Sie hatte einige Neuerscheinungen und Vorabexemplare aus ihrem Geschäft dabei, darunter allein fünf Luther-Biografien, eine sogar von einer Australierin mit über siebenhundert Seiten. Damit würde sie beginnen.

Bevor sie sich ans Werk machte, warf sie noch einen Kaminanzünder in den Ofen. In diesem Moment klingelte das Telefon. Der neue Festnetzanschluss. Das würde ihr Vater sein.

„Hallo, Gesa. Da bin ich wieder. Bist du gut angekommen in Juelsminde?"

„Keine Staus, Vater, weder vor dem Elbtunnel noch vor den kilometerlangen Baustellen auf der A7, und an der Grenze haben sie mich durchgewunken."

„Mit deinen hellen Haaren und deinen blauen Augen siehst du aus wie eine Dänin."

Jetzt knisterte das Feuer und brannte lichterloh.

„Du hest inböten[1]?"

„Allens good, Vadder, allens good!"

„Jakobs Siebensachen stehen schon unten im Flur. Wie die Kinder wohl ohne Smartphone auf der Klassenfahrt zurechtkommen wollen?"

„Es ist alles abgesprochen, das weißt du doch. Ich habe deine Nachricht gelesen. Was ist nun mit Mads Sørensen?"

„Er wird sich morgen bei dir melden und dir alles erklären. Høg hat ihm eines der neuen Ganzjahreshäuser am Hafen vermittelt. Sørensen ist Wikinger, der zieht nicht so leicht die Ruder ein." Jetzt lachte ihr Vater. „Schließlich ist er ein erfolgreicher Trainer."

„Sportdozent, Vater. Das mit dem Handballtrainer war einmal!"

„Noch ist er nicht zu alt dafür. Sei nicht wieder so spröde zu ihm wie in Barkenstedt. Er ist ein feiner Kerl."

Was mischte ihr Vater sich da in ihr Leben ein? Das war doch sonst nicht seine Art. Er war kein lauter Vater.

„Ich bin in den letzten Jahren auch ohne Mann ganz gut zurechtgekommen. Ich bin noch nicht so weit."

„Die Zwillinge werden nach England gehen. Warte erst einmal ab, was Sørensen dir zu sagen hat."

„Da ist etwas anderes, was mir Sorgen bereitet. Ich hatte viel Zeit zum Nachdenken auf der Fahrt hierher. Ich habe Bedenken wegen der Hochzeit."

Endlich war es heraus!

Für einen Moment verstummte Johann Jakobsen.

---

[1] nd: Feuer gemacht

„Das musst du mit dir selbst ausmachen, Gesa", sagte er mit belegter Stimme, und sie fuhr zusammen.

Wie konnte ihr Vater das von ihr denken!

„Darum geht es nicht. Ich habe Angst, dass meine Söhne mir verloren gehen. Ein Leben, wie es die Laursens führen, das können wir ihnen nicht bieten."

„So wie ich die beiden einschätze, Gesa, wissen Jan und Felix das inzwischen gut zu unterscheiden."

Wenn er sich da nur nicht täuschte.

„Sie waren in letzter Zeit so häufig in Kopenhagen und kamen jedes Mal verändert zurück. Und die vielen Reisen, die Erik mit ihnen unternimmt! Dabei hat er sich früher so selten um sie gekümmert."

„Sie sind erwachsen, Gesa, und Laursen ist ihr Vater. Kinder gehen ihre eigenen Wege, damit musst du dich abfinden. Früher mussten die jungen Männer in ihrem Alter zur Bundeswehr. Was soll schon groß passieren auf dem Fest? Die Dänen sind freundliche, tolerante Menschen. Wenn Jan und Felix zum Laursen-Clan dazugehören wollen, müssen sie da durch. Du solltest die Dinge etwas gelassener nehmen." Er hielt kurz inne. „Sei stolz auf das, was du erreicht hast. Du hast es in deiner Heimat zu etwas gebracht und dich nicht irgendwo in Berlin versteckt. "

Sie dachte an ihre Buchhandlung. „Das bin ich auch, Vater. Und ich bin auch stolz auf dich. Aber da ist wieder diese Grundunruhe."

„Ich weiß, die letzten Jahre haben Kraft gekostet. Versuch doch einfach, etwas abzuschalten und die paar Tage in Juelsminde zu genießen."

3.

Nun blätterte sie bereits in der dritten Luther-Biografie, ohne sich darauf einlassen zu können. Wenn da nur nicht diese langen Vorworte und Einleitungen wären.

Immer noch konnte sie nicht verstehen, was ihr da vorhin im Wasser widerfahren war. Der Schreck steckte ihr noch in Gliedern, und sie spürte ihre Arme und besonders ihr lädiertes Knie. Es war alles so schnell gegangen und hatte doch mehr Kraft gefordert, als sie zunächst vermutet hatte. Wenn sie sich nur genauer erinnern könnte. Und Boote waren auch nicht in der Nähe gewesen.

Es ist ja nichts geschehen, versuchte sie sich zu beruhigen, legte die Bücher beiseite und stellte das Radio an.

Traummusik vor Mitternacht. Das würde sie entspannen.

Ihr Vater hatte recht. Einiges hatte sie bewältigen müssen in den letzten Jahren, und manches Problem war ihr wohl auch größer erschienen, als es in Wirklichkeit gewesen war.

Sie dachte an die anonyme SMS. Ihr Vater wusste nichts davon.

Sie sah noch einmal auf ihr Smartphone.

Finden Sie sich damit ab, dass wir mit Eriks Kebsweib und seinen Kegeln nichts zu tun haben wollen.

Wer schickte ihr eine solche Botschaft? Noch dazu in einem so altertümlichen Deutsch? Das kam nicht von Eriks Enkeln.

Und sie war zu der Hochzeit gar nicht eingeladen.

Wahrscheinlich hatte sich da jemand einen Scherz erlaubt. Einen bösen Scherz. Einer von Jan und Felix` neuen Kopenhagener Freunden?

Schnell drückte sie die Nachricht wieder weg. Einfach ignorieren.

Sie horchte auf.

Im Radio lief ein Lied, das sie von früher kannte.

Wonderful life.

Sie hatte es lange nicht mehr gehört.

Nicht mehr allein?

Ein sehr sentimentales Lied, und es gefiel ihr immer noch.

Was war das nur für ein Abend?

Meistens las sie vor dem Einschlafen einen nordischen Krimi oder einen Liebesroman. Dabei würde sie heute keine Ruhe finden. Obwohl sie wusste, dass auch das nicht funktionieren würde, nahm sie *Den lille havfrue*[2] von H. C. Andersen aus dem Regal. Zwar konnte sie nicht mehr so gut Dänisch wie früher, als sie noch für Erik gearbeitet hatte, aber sie musste ja nicht jedes Wort verstehen.

---

[2] dän.: *Die kleine Meerjungfrau*

Ebenso wie der *opholdsrum* lag auch ihr Zimmer im Erdgeschoss. Vor fünf Jahren, kurz vor Max` Tod, war das geräumige, reetgedeckte Haus von Grund auf renoviert und auf den neuesten technischen Stand gebracht worden, inklusive Luxusbad und WLAN. Allerdings stand in ihrem Raum anders als früher statt der schmalen Doppelliege nur noch ein komfortables Einzelbett.

Sie sah auf Max` Foto.

Sie war noch nie alleine hier gewesen in diesem schönen, viel zu großen Haus.

Kurzentschlossen lief sie die kleine Treppe zur Galerie hinauf. Max' Tochter Theresa war Ärztin und hatte Tabletten jeglicher Art in ihrem Notköfferchen gebunkert. Morgen kamen die Zwillinge. Da wollte sie ausgeschlafen sein.

Montag

4.

Sie hatte das Hämmern schon vom Deich aus gehört.

Und nun stand sie hinter der anderen in Max' viel zu großem Bademantel, den Badeanzug unterm Arm und um die Haare einen Handtuchturban gewickelt.

Die große, grauhaarige Frau, die mit dem Rücken zu ihr auf einer Leiter stand, trug einen Handwerkeroverall, Marke Engelbert Strauss, wie Gesa ihn von ihrem Bruder Heinrich kannte.

Die Fremde hatte sie offenbar noch nicht bemerkt.

Das war keiner von Høgs Handwerkern. Vielleicht eine Norwegerin? Manchmal vermietete Heinrich das Haus an Freunde oder Bekannte aus seiner neuen Heimat.

Vorsichtig, um die andere nicht zu erschrecken, meldete sie sich zu Wort.

„God morgen."

Die Frau zuckte zusammen und wäre beinahe von der Leiter gefallen. Immer noch sagte sie nichts, während sie langsam auf den mit Backsteinen gepflasterten Boden herunterstieg.

Und nun verschlug es Gesa die Sprache!

Da hingen sie, aufgereiht an einer Edelstahlkonstruktion im hinteren Teil der Scheune! Fünf übergroße Marionetten! Seejungfrauen, Nixen und Sirenen, weich und wunderschön und anscheinend alle miteinander verwandt. Eine von ihnen, die jüngste, war besonders schön.

Kostbare Kleider von Seide und Musselin! Sie konnte kaum die Augen von den Gewändern lassen.

Nicht alles war nach nordischer Manier.

Langsam drehte sich die Fremde zu ihr um, legte den Hammer und die Haken zurück auf den Resopaltisch, auf dem eine braun-getigerte Katze lauerte, und lächelte sie an.

Und wieder fehlten Gesa die Worte. Die Frau, die einen Kopf größer war als sie und auch wohl ein paar Jahre jünger, war eine Schönheit und trug dieselben Züge wie die Meerprinzessinnen.

„Gefallen sie Ihnen?"

Eine Engländerin?

Natürlich erkannte sie die Stimme sofort. Die Stimme vom Strand. Doch sie ließ sich nichts anmerken.

„Gesa Jakobsen. Hat mein Bruder Ihnen die Hütte und den Schuppen vermietet?"

„Advokat Høg hat es vermittelt. Sie sind die Eigentümerin?" Nun fuhr sich die Frau mit der rechten Hand durch ihr edel gesträhntes Haar. Dann deutete sie auf die Vorräte, die Weine und den Karton mit Bremer

Kaffee. „Siri Mortensen. Von den Sachen habe ich nichts angerührt."

Das hatte sie ihr gar nicht unterstellt.

Katzenfutter hatte dort sonst nicht gestanden.

„Die beiden Häuser und die Scheune gehören mir und meiner Familie. Eigentlich vermieten wir nicht an Fremde", erklärte Gesa mit einem höflichen Lächeln.

Die Frau und ihre Puppen gefielen ihr, dennoch wollte die Angelegenheit geklärt sein.

„Ich dachte, Deutsche könnten hier keine Sommerhäuser kaufen."

„Meine Schwiegermutter war Dänin. Entschuldigen Sie mich einen Moment."

Sie warf den Badeanzug vor die Katze auf den Tisch, ging um die Ecke und nahm ihr Smartphone aus der Bademanteltasche. Drinnen fauchte die Katze.

Sollte Ludvig Høg, Max' alter Freund und Segelpartner, der sich in ihrer Abwesenheit um das Anwesen kümmerte, etwa ein paar Kronen nebenher verdient haben?

Nein, das würde er nicht tun.

„Ich bin noch gar nicht richtig wach, Gesa", meldete er sich mit verschlafener Stimme. Es war gerade mal halb acht. „Sie suchte ein Sommerhaus, das sich als Schneiderwerkstatt eignet und kommunikationstechnisch auf dem neuesten Stand ist. Heinrich hat mir freie Hand gelassen. Er kommt nicht mehr so oft zum Arbeiten nach Dänemark. Ich habe die Hütte schon häufiger für ihn vermietet. Das Geld geht auf euer gemeinsames Konto."

Darum hatte sie sich in der letzten Zeit nicht mehr gekümmert, das hatte sie ganz ihrem Bruder überlassen.

Irgendwie war sie erleichtert, dass alles seine Richtigkeit hatte. Die Frau hatte etwas Besonderes an sich.

„Entschuldige bitte die Störung, Ludvig", sagte sie etwas kleinlaut. „Und schöne Grüße an Lene. Wir sehen uns, *hej hej.*"

„*Ha' det godt*, Gesa."

5.

Nun würden die Zwillinge doch erst einen Tag später kommen.
Island hatte mehr zu bieten für zwei achtzehnjährige Jungs als dieser kleine Urlaubsort an der Ostsee, den sie seit ihrer frühesten Kindheit kannten.

Nahezu eine halbe Stunde hatte sie darauf verwendet, sich zurechtzumachen, lässig-elegant, wie Max es gemocht hatte und wie auch Erik es mochte.
Da stand sie nun, herausgeputzt, als wollte sie zum *five o'clock tea* gehen, und drehte sich noch einmal vor dem Spiegel. Und was sie sah, gefiel ihr nicht. Nicht für diesen Anlass. Was war los mit ihr? Sie war zum Frühstück verabredet. In ihrem eigenen Haus. Noch dazu mit einer Frau, die Heinrichs Arbeitsoverall trug.
Schnell zog sie sich nun wieder aus und nahm den kurzen, blauen Urlaubs-Rock sowie das hellgraue Viskoseshirt aus dem Schrank. Auch die hochhackigen Silbersandaletten stellte sie zurück. Die weißen Turnschuhe mit den dicken Sohlen würden reichen.
Jetzt passte der Rock auch wieder. Sie hatte etwas abgenommen in der letzten Zeit und trug nun wieder dieselbe Größe wie während ihrer Zeit mit Max. Doch anders als früher musste sie inzwischen etwas dafür

tun und konnte nicht mehr nach Belieben essen. Die Wechseljahre forderten ihren Tribut. Sie sah noch einmal in den Spiegel. Sie wirkte zierlicher, als sie sich fühlte. Ihre langen, schlanken Beine zeigte sie sonst eher selten. Meistens trug sie Hosen im Geschäft. Das war wesentlich praktischer. Und die Zeiten, wo ihr die Bauarbeiter hinterhergepfiffen hatten, waren mit über fünfzig vermutlich ohnehin vorbei. Die Männer spürten instinktiv, ob da noch etwas ging.

Nachdem sie ihre schulterlangen Haare wieder glatt gekämmt hatte, legte sie ein dezentes Make-up auf. Nur der Lippenstift, der durfte etwas auffälliger sein. In einem kräftigen Rosenquarz.

Jetzt brauchte sie nur noch ein Gastgeschenk. Weil es drüben im Männerreich keine Blumen gab, schnitt sie auf der Terrasse drei rosa Kletterrosen ab und steckte sie in eine kleine Vase. Auch so etwas gab es dort nicht.

Und dann holte sie noch ein Pfund Bremer Kaffee aus dem Schuppen. Kaffee war teuer in Dänemark, und die meisten Künstler, die sie kannte, verdienten nicht viel Geld.

Sie sah auf ihre Uhr. Da blieb ihr sogar noch Zeit für Hausarbeit.

Gerade wollte sie die Jacke aus dem Trockner nehmen und kräftig durchschütteln, als das Telefon klingelte.

Wieder war es der neue Festnetzanschluss. Vielleicht kamen die Zwillinge doch früher zurück.

„Gesa Jakobsen", meldete sie sich mit Singsang in der Stimme.

„Mads Sørensen hier. Sie scheinen guter Laune zu sein, Gesa. Bitte legen Sie nicht auf."

Zwar hatte ihr Vater sie vorgewarnt, aber auf diesem Apparat hätte sie nicht mit dem Dänen gerechnet.

„Ich bin ganz in Ihrer Nähe, am anderen Ende des Ortes. Zwei Kilometer Luftlinie. Ich würde Sie gerne treffen."

Kein Wort der Entschuldigung? Auch in seinen Mails hatte sie vergeblich nach einer Erklärung gesucht.

„Was versprechen Sie sich davon?", hörte sie sich dennoch mit ihm reden.

„Vielleicht den ersten Kuss!" Er lachte. „Alt genug dafür wären wir."

Da musste auch sie auf einmal lachen. Recht hatte er! Da war bisher nichts, rein gar nichts zwischen ihnen gewesen. Nicht einmal ein Kuss. Er war ihr keinerlei Rechenschaft schuldig. Und Blumen hatte er ihr nie geschenkt.

Nur einmal auf dem Frühlingsfest am Weserhang in Barkenstedt hatte er mit ihr getanzt. Und sie mit ihm. Nur einen Tanz. Danach nie wieder.

„Mir ist nicht entgangen, dass Ihr Vater und die Zwillinge uns miteinander verkuppeln wollen. Dabei war es so gut angelaufen zwischen uns, rein freundschaftlich, und ich hatte den Eindruck, dass es auch Ihnen gefallen hat, wenn wir ab und zu einen Vortrag über Bremer Stadtgeschichte besucht oder eine Runde Golf gespielt haben. Was ist geschehen?"

„Sie waren plötzlich verschwunden."

Zwei Monate hatte sie nichts von ihm gehört. Und nun war er ihr hinterhergereist, obwohl er sie kaum kannte?

„Ich musste in den Iran."

„Nach Persien? Als Handballtrainer?"

Er hielt kurz inne. „Es gab tatsächlich einen Kurs der Olympischen Solidarität in Teheran, aber deshalb war ich dieses Mal nicht da. Meine Frau und meine beiden Kinder leben dort. Unser Sohn hatte einen kleinen Unfall. Es ist alles gut gegangen, und anschließend haben wir anlässlich meines fünfzigsten Geburtstags ein großes Fest gefeiert."

Im Frühjahr hatte er nichts von einer Frau erzählt.

„Ihre geschiedene Frau?"

„Nein, wir sind verheiratet."

Das hatte sie nicht erwartet. *Ich lebe allein,* hatte er im Frühling behauptet. Und schon spürte sie, wie der Ärger in ihr hochkroch. Auch Erik Laursen war von Anfang an verheiratet gewesen.

„Und in Deutschland haben Sie eine Zweitfrau?", warf sie ihm hin und war gespannt, wie er sich da wohl herauswinden würde.

„Wie kommen Sie darauf?"

Sie entschloss sich, nicht lange darum herumzureden.

„Nach unserem letzten Besuch an der Uni Bremen habe ich zufällig beobachtet, wie Sie an der Straßenbahnhaltestelle vor dem Hauptgebäude von einer jungen Frau mit zwei kleinen Kindern überschwänglich begrüßt wurden. Die Frau zeigte Ihnen ihre Einkäufe. Sie wirkten sehr vertraut miteinander!"

„Gut beobachtet." Wieder lachte er. „Deshalb haben Sie nicht auf meine Nachrichten geantwortet! Da kann ich Sie beruhigen, das war meine Schwester mit ihren beiden Kindern. Wir waren zum Essen in der Mensa verabredet."

Seine Schwester!

Sie merkte, wie sie entspannte.

Auch ihr hatte es gefallen, sich mit ihm zu treffen, und anders als andere Männer war er ihr nicht gleich nach kurzer Zeit auf die Nerven gegangen. Nicht einmal, wenn er ihr etwas über mittelalterliche Geschichte erzählt hatte. Er kam aus Sønderborg. Sie mochte, wie er Deutsch sprach mit seinem dänischen Akzent.

„Sie hatten mir mehr oder weniger deutlich zu verstehen gegeben, dass Sie keine neue Beziehung wünschen. Und daran habe ich mich zunächst gehalten. Außerdem -"

„Ja, Mads?"

„Auch ich war im Frühjahr noch nicht so weit."

Das hatte sie gespürt. Er war so zögerlich gewesen.

„Und jetzt?"

„Ich konnte Sie nicht vergessen."

Sie zuckte zusammen. Warum hatte sie auch nachgehakt! Ein Mann mit einer Frau und Kindern? Das hatte sie nie mehr gewollt.

„Und dann habe ich wieder Kontakt zu Ihrem Vater aufgenommen."

„Was hat er gesagt?"

„Da sei noch nicht das letzte Wort gesprochen. Ich solle es noch einmal versuchen! Was ist nun, machen wir heute Nachmittag eine kleine Radtour, das Wetter wäre ideal, neunzehn Grad, trocken und nahezu wind-still? Mit Regen wird auch nicht gerechnet."

Da hatte sie anderes gelesen.

„Meine Frau und ich, wir leben getrennt."

Zeit hätte sie, nun, da die Zwillinge erst am nächsten Tag kommen würden.

Und der Iran war weit weg.

„Heute Nachmittag", gab sie vorsichtig zurück. „Aber nicht auf den Troldemose Bakke, das macht mein Knie nicht mit! Und versprechen Sie sich nicht zu viel davon."

„Seit wann haben Sie Maleschen mit dem Knie? Das ist mir noch gar nicht aufgefallen."

„In Barkenstedt oder in Bremen habe ich keine Probleme damit. Doch hier, wo es gleich von null auf hundertzehn geht, ist das etwas anderes."

„As Vig, ginge das?"

Nun zögerte sie einen Moment.

„Eine schöne Strecke. Ich bin dort oft mit meinem Mann und den Kindern langgeradelt."

Wieder entstand eine kleine Pause.

„Wo treffen wir uns?"

„Bei Ihnen an der Tankstelle? Um drei?"

„Ich freue mich, Gesa. Ab kurz vor drei werde ich auf Sie warten."

6.

Die andere hatte sich zum Frühstück nicht umgezogen. Immer noch in Heinrichs Hosen hockte sie auf dem Rasen vor der Terrasse und fütterte die Katze.

„Sie ist mir zugelaufen!" Als sie sich erhob, verweilten ihre Augen kurz auf den Beinen ihres Gastes.

„Hübsch", sagte sie, während sie die Rosen entgegennahm.

War da ein Lächeln über Siri Mortensens Gesicht gehuscht?

„Ozeanblau!"

Augenblicklich schlug die Stimmung um. Die Frau deutete auf Gesas Schultertuch, und die Vase landete im Gras. „Ozeanblau! Genau wie Ihre Jacke! Sie sind die Frau, die gestern Abend beinahe ertrunken wäre!"

Ungläubig starrte die andere sie an. „Und gleich am nächsten Morgen fordern Sie das Schicksal erneut heraus!"

„Ich war nicht allein, heut Morgen. Um diese Zeit treffen sich dort die Frühschwimmer aus dem Gebiet. Außerdem bin ich eine gute Schwimmerin."

„Sie sind ins Wasser gefallen wie ein Stein. Fast wären Sie nicht wieder aufgetaucht!"

„Eine große Welle hat mich umgeworfen, ganz nah am Ufer, da bestand keine Gefahr", sprach es aus ihr, obwohl sie selbst nicht mehr so recht daran glaubte.

„Das habe ich anders erlebt!"

„Weil Sie nicht schwimmen können, Siri Mortensen. Oder wie immer Sie auch heißen mögen!", entfuhr es ihr. „Überhaupt waren Sie es doch, die mich erschreckt hat mit ihrem Geschrei."

Ihre Stimme klang jetzt viel zu laut.

„Ich bin eine gute Beobachterin", beharrte die Frau.

„Keine Hand haben Sie gerührt. Sie sind einfach verschwunden! Einfach weggelaufen!"

Sie spürte, wie sie die Beherrschung zu verlieren begann.

Ins Wasser gefallen wie ein Stein?

Lächerlich!

Ganz ruhig atmen! Ganz ruhig.

Netzt' ihr den nackten Fuß.

Da war etwas!

Du stiegst hinunter!

Wie der Fetzen einer Erinnerung!

Jemand hatte sie gerufen!

Und würdest erst gesund…

Max' Gedicht!

Sie fühlte, wie ihre Knie weich wurden, und dann überkam sie eine heftige Übelkeit.

„Keine Angst, ich halte Sie. Lehnen Sie sich bei mir an", sagte die andere. „Und nun schauen Sie mir in die Augen. Ich bin Siri Mortensen aus London und wohne in dem kleinen Haus. Wie heißen Sie?"

„Oh!"

Lächelnd wandte sie sich zu der Frau, die eine so sanfte Stimme besaß und sie nun fest in ihren Armen hielt.

„Gesa Jakobsen. Mir war so ganz anders zumute. Ganz so, als erwachte ich aus einem schönen Traum."

7.

„Da haben wir wohl ordentlich Hunger gehabt." Gesa deutete auf die leere Brötchentüte und lächelte.

„Die kleine Pause hat mir gut getan. Meistens vergesse ich das Essen, wenn ich an einem so wichtigen Projekt arbeite. Wussten Sie, dass einige arabische Golfstaaten inzwischen mehr Geld für Bildung als für Waffen ausgeben, Gesa?"

„Sie wollen ihre klugen Köpfe im Land halten, nicht wahr?"

„Uns geht es um die vielen kleinen Mädchen aus ärmeren, bildungsfernen Familien. Die Puppen stammen aus Prag, und ich bin für ihre Kleidung zuständig."

„Mode und Märchen? Ob das reicht? Die *Meerjungfrau* dürfte auch im Morgenland bekannt sein, zumindest in der Version von Walt Disney?"

„Puppen sind sinnlicher als Filme. Man kann sie anfassen, mit ihnen spielen und Geschichten erzählen. Die

Tochter eines Emirs hatte die Idee. Eine gute Kundin von mir."

Gesa sah hinüber zu der Packung mit dem Kaffee und schmunzelte. Eine brotlose Künstlerin?

Die andere lächelte ihr einvernehmlich zu, stand auf und ging zu dem Gestell neben der Arbeitsplatte hinüber, an dem drei fremdländisch gekleidete Marionetten hingen.

Neugierig folgte sie ihr.

„Wir beginnen mit H. C. Andersen, und dann ziehen wir die schwedische Karte!" Mit einem breiten Grinsen und ein paar geschickten Handgriffen nahm die Künstlerin zwei der Puppen das Kopftuch und den Umhang ab. „So sehen diese beiden ohne Hidschab und Abaya aus!"

Und nun lachte auch Gesa. „Pippi Langstrumpf und Ronja Räubertochter! Kulturimperialismus im Kinderzimmer! Darf ich sie wieder anziehen?"

Lächelnd reichte ihr die Frau einen der kleinen Umhänge. „Sehen Sie, Gesa, und schon sind Sie neugierig geworden auf die Bildungsoffensive der Emirate! Achten Sie auf die Fäden und die kleinen Klettverschlüsse!"

„Raffiniert", staunte sie, und dann lachten sie miteinander, weil Pipis Mantel nun ganz schief saß.

„Die dritte Figur ist die böse Meerhexe. Mit der lassen Sie sich besser nicht ein, Gesa."

„Und die Puppe dort in der Ecke auf dem Sofa? Sie ähnelt der kleinen Meerjungfrau."

„Das ist ihre fünfte Schwester. Da ist ein Malheur passiert, als wir sie ausgeladen haben. Die Fäden haben sich verdreht und ineinander verknotet. Das ist nicht wieder aufzulösen, es sein denn, man hätte ganz viel Zeit. Oder man müsste vom Kreuz aus neue Fäden spannen. Auch das ist auf die Schnelle nicht zu machen. Vier Schwestern müssen vorerst reichen."

„Wie schade, dabei ist auch sie wunderschön."

Siri deutete nach nebenan. „Der Schuppen, in dem die Puppen hängen, ist gesichert wie Fort Knox. Morgen werden sie abgeholt, dann geht es zunächst nach Odense zu H. C. Andersen, wo ein kleiner Film über sie gedreht wird, in historischer Kulisse. Ich selbst stamme von da und habe dort immer noch ein Haus, lebe aber schon seit zwanzig Jahren in London."

Wozu brauchte sie dann diese Hütte?

Nun wandte die Künstlerin den Kopf in Richtung Schlafzimmer. „Bevor Sie gehen, möchte ich Ihnen noch etwas zeigen."

In diesem Moment klingelte Siris Handy.

„Entschuldigen Sie mich, ich gehe kurz nach draußen."

Heinrich und die Zwillinge hatten darauf bestanden, das kleine Haus am Wald, das bis vor zwei Jahren fest vermietet gewesen war, nach ihrem Geschmack einzurichten, und das Ergebnis war ernüchternd. Es fehlte jegliche Spur von Gemütlichkeit. Kein Nippes, keine Kerzen, keine Blümchengardinen. Wozu auch, wurde diese Hütte ohnehin nur zum Arbeiten, Feiern oder Fernsehen genutzt. Die kleine Summe, die Gesa und Theresa ihnen aus Max' Erbe zur Verfügung gestellt hatten, war nahezu ausschließlich in Elektronik geflossen.

Nein, hier war es kein bisschen *hyggelig*[3].

Auf der großen Arbeitsplatte, die an der Nordseite unter den Fenstern angebracht war, standen nun zwei Nähmaschinen und zwei Laptops. Und dort, auf dem Fensterbrett zwischen zwei von Heinrichs alten Bohrkernen, entdeckte sie ein Hochzeitsbild und stutzte.

Wedding? Siris Hochzeitsbild!

Auch die kleine, zierliche Frau an Siris Seite, die einen traditionellen, safrangelben Hochzeitssari trug, war eine Schönheit. Irgendwie kam sie ihr bekannt vor.

Da war die Künstlerin auch schon zurück. Sie hatte sie gar nicht kommen hören. Hastig stellte sie das Bild an seinen alten Platz, fast wäre es ihr aus der Hand gefallen.

„Da ist noch etwas, was ich Ihnen zeigen möchte", nahm Siri sie beim Arm und führte sie zum Schlafzimmer.

Wie angewurzelt blieb Geea auf der Schwelle stehen! Dort, wo sonst zwei klapprige Stockbetten gestanden hatten, prunkte nun ein modernes Doppel-Himmelbett, das fast den ganzen Raum füllte. Marke Jytte Laursen!

Ein Liebesnest!

„Nicht einmal im Urlaub können Heinrich und ich in Ruhe miteinander schlafen", hatte Theresa des Öfte-

---

[3] dän.: *hyggelig* lässt sich schwer übersetzen, da es im Deutschen keine Entsprechung gibt. Die Wörter *gemütlich* und *entspannt* treffen es nicht ganz.

ren geklagt, wenn beide Familien gleichzeitig im großen Haus waren. Mit insgesamt fünf Kindern.

„Psst! Ich vermute, sie schlafen", flüsterte Siri, immer noch ihren Arm umfassend, während sie mit der anderen Hand behutsam einen der luftigen Vorhänge öffnete.

„Mein Traumpaar!"

Da lagen sie. Der Prinz und die Tempelprinzessin. Und die kleine Meerjungfrau *sah die schöne Braut mit ihrem Haupte an der Brust des Prinzen ruhen.*

Weshalb hatte die Dänin die Puppen in dieses Bett gelegt?

„Da muss ich noch einmal Hand anlegen", deutete Siri auf den Prinzen. „Ein Knopfloch seines Brokatumhangs ist nachlässig gearbeitet, da haben meine Leute geschlampt."

Schon hielt die Schneiderin den Prinzen und ein Maßband in der Hand. „Diese Stelle ist breiter als die anderen!", sagte sie auf dem Weg zurück ins Wohnzimmer.

„Es handelt sich nur um Millimeter", merkte Gesa an.

Das ließ die andere ihr nicht durchgehen. „Wir beide wissen, für wen ich arbeite!"

„Der Prinz ist wunderschön. Ich kann verstehen, dass die *lille havfrue* sich so sehnt nach ihm und einer unsterblichen Seele."

„Und wonach sehnen Sie sich, Gesa?"

Was hatte diese Frage hier zu suchen? Sie tat, als habe sie sie nicht gehört.

„Wo schlafen Sie eigentlich?"

„Hier auf dem Sofa." Siri deutete auf das Plaid und das kleine Kissen, die auf einem Hocker neben der wuchtigen Couch lagen. „So habe ich es nicht weit, wenn mir nachts etwas einfällt."

Es wurde Zeit, die andere nicht länger von der Arbeit abzuhalten.

Aber eine Frage lag ihr noch am Herzen.

„Hätten Sie mich retten können gestern Abend?"

„Ich kann zwar nicht schwimmen, aber ich kann lesen. Über die Funktionsweise des Rettungsrings war ich informiert. Ich wollte ihn gerade aus der Verankerung lösen, da waren Sie schon wieder am Ufer. Außerdem war neben den Steinen ein Ruderboot festgemacht. Seemannsknoten kann ich blitzschnell lösen."

„Sie stammen aus Odense?"

Nun senkte die andere den Blick.

„Auch ich wäre einmal fast ertrunken. Es war beim Segeln im *Store Bælt*. Seitdem kann ich keinen Schritt mehr ins Wasser setzen. Aber ich arbeite daran."

„Entschuldigen Sie."

„Das konnten Sie ja nicht wissen."

8.

Auch ihr Großvater mütterlicherseits hatte nicht schwimmen können. *Das schützt vor Leichtsinn Kinder,* hatte der alte Brunnenbauer gesagt und ihnen die Wünschelruten in die Hand gelegt. Gleich am nächsten Morgen war ihre Mutter mit ihnen zu einem Schwimmkurs ins Bremer Zentralbad gefahren.

Doch das verfluchte Abenteuer-Gen, das auch sie und ihren Bruder Heinrich plagte, hatte die Mutter ihnen nicht austreiben können. Wie sollte sie auch, war sie doch selbst davon befallen gewesen, ansonsten hätte sie ihre unerfahrene Tochter wohl nicht in die Arme eines um vierzehn Jahre älteren, verheirateten, dänischen Diplomaten getrieben.

Und nun würde er noch einmal heiraten.

Schon war ihr der Appetit vergangen.

Stimmungsschwankungen. Wohl immer noch die Wechseljahre. Hastig stand sie auf und stellte das Schollenfilet, das sie gerade aus dem Fischgeschäft im Hafen geholt hatte, zurück in den Kühlschrank. Sie würde es sich am Abend braten, wenn sie zurück war von der Radtour mit Mads Sørensen.

Mit der Gießkanne in der Hand bewunderte sie die Stockrosen, die das Mauerwerk zwischen den Butzenfenstern an der Längsseite des Hauses zierten. Es kam ihr vor, als blühten sie in diesem Jahr besonders schön. Sie sah hinauf in den wolkenverhangenen Himmel. Vielleicht brauchten Stockrosen gar nicht so viel Sonne, wie es immer hieß.

Auch die blauen Hortensien, die Max noch kurz vor seinem Tod gepflanzt hatte, waren eine Pracht. Sie erinnerte sich an das persische Sprichwort, das er so gerne zitiert hatte: *Man muss nicht erst sterben, um ins Paradies zu kommen,* Gesa, *solange man einen Garten hat.*

Ein altes persisches Sprichwort? Mads hatte eine Frau im Iran, und sie, Gesa Jakobsen, hatte sich bisher selten um ihren Garten in Barkenstedt gekümmert. Das hatte ihr Vater übernommen, allerdings erst, nachdem er sich aus der Politik zurückgezogen hatte.

Wenn sie hier Urlaub machten, kümmerten sie sich selbst um den Garten. Ansonsten hatte Høg jemanden dafür. Und dieser Gärtner verstand etwas von seinem Handwerk. Nur die Lärchenhecke zwischen dem großen und dem kleinen Haus hatte er noch nicht in Form geschnitten. Das würde er gewiss noch tun.

Zufrieden ging sie weiter zu Theresas Kräuterbeeten. Der frische Schnittlauch und die Petersilie würden gut zur Scholle und den Muscheln schmecken.

Nun war ihr Vater doch bereit, in ihrer Buchhandlung zu lesen. Lyrik von Klaus Groth. Frau Weiß, ihre langjährige Mitarbeiterin, hatte es ihr gerade mitgeteilt.

Sie schmunzelte. Vielleicht plagte ihn ja sein schlechtes Gewissen, und es hatte mit Mads Sørensen zu tun.

Lange hatte Johann Jakobsen sich geziert, auch in seinem Heimatort an der Weser zu lesen. Er war bekannt in der Region, war viele Jahre Bürgermeister von Barkenstedt gewesen, und während seiner Zeit im Landtag hatte er viel für die niederdeutsche Sprache getan. Hohn und Spott hatte er anfangs dafür von seinen Genossen geerntet. Aber das hatte sich geändert. Inzwischen hatte er sogar einige Male die plattdeutschen Nachrichten bei Radio Bremen gelesen. Er war ein guter Sprecher. Und nun Klaus Groth.

Min Modersprak, wa klingst du schön!
Wa büst du mi vertrut!
Weer ok min Hart as Stahl un Steen,
Du drevst den Stolt herut.

Die Muttersprache ihrer Eltern. In der letzten Zeit hatte das Interesse am Niederdeutschen wieder etwas zugenommen. Retten konnte man es vermutlich nicht mehr. Zu lange hatte sich die Obrigkeit dagegen gesperrt, die stolze Sprache der Hanse zu schützen.

Klaus Groth. Das waren keine Texte zum Schenkelklopfen. Das war Literatur. Einen Versuch war es wert. Und die *Barkenstedter Nachrichten* würden sie unterstützen. Das war auch gut für ihre Buchhandlung. Das Internet machte ihr und ihren Kollegen gehörig Konkurrenz. Da galt es, die Kunden durch andere Angebote an das Geschäft zu binden.

Gut gelaunt ging sie noch einmal um den Schuppen herum zum Wasserhahn.

Nun musste nur noch die Vogeltränke ausgespült und aufgefüllt werden. Was war das? Direkt neben der Wassermuschel lag eine tote Amsel.

Siris Katze! Sie hatte es wohl nicht mehr rechtzeitig geschafft, ihrer Herrin diese Beute vorzuführen.

Missmutig stellte sie die Gießkanne ab und trug den Vogel zur Mülltonne, die an der Straße neben dem Briefkasten stand.

„Bitte sehen Sie nach Ihrer Post!"

Das würde die Benachrichtigung des Schornsteinfegers sein. Høg hatte ihr angekündigt, dass er noch in dieser Woche vorbeischauen würde.

Sie zog die Gartenhandschuhe aus, ging ins Haus und holte den Briefkastenschlüssel.

Tatsächlich lag da der Zettel mit dem Fegetermin. *Freitag zwischen elf und zwölf.* Aber da steckte noch etwas anderes im Briefkasten. Ein Flyer vom Aarhus Kunstmuseum ARoS. Århus jetzt mit Doppel-a? Auch die Dänen gaben ihre Traditionen auf?

Und dann las sie weiter. Paul Farkas würde seinen neuen Kriminalroman vorstellen. Exklusiv im ARoS, Mittwoch 11.30 Uhr. Es war sein erster öffentlicher Auftritt. Platzreservierung erforderlich.

So klein war die Welt?

Paul Farkas war das Pseudonym von Pavel Klima!

Und gestern Abend schon das Lied im Radio. Solche Dinge passierten. Nur nicht dran rühren.

Nachdem sie sich reisefertig gemacht hatte, ihr Rad wartete bereits im Garten, schenkte sie sich ein Glas Buttermilch ein, setzte sich mit dem Flyer und dem iPad an den Küchentisch und tippte auf das Video mit dem Sehnsuchtslied.

Nicht mehr allein?

Pavel Klima. Vierzehn Jahre hatten sie sich nicht gesehen, und die Gedanken an ihr Beisammensein hatte sie wohlweislich in einer der hintersten Schubladen ihrer Erinnerungen abgelegt.

Niemand hatte sie gewarnt vor dem Charme der Tschechen. Gleich bei ihrer ersten Begegnung in Prag, kaum dass sie aus dem Zug gestiegen war, hatte er ihr unmissverständlich zu verstehen gegeben, dass er vorhabe, sie, die West-Frau mit dem silbernen Feuerzeug, zu verführen, und nur allzu bereitwillig war sie darauf eingegangen. Er war ganz anders gewesen als Max und Erik und auch so viel jünger.

Was hatte sie zu verlieren gehabt damals! Erik war schon lange weggewesen, und Max hatte sich immer noch nicht so ganz für sie entscheiden können.

Fünf Tage Prag.

Danach hatten sie sich aus den Augen verloren.

Ihr lief ein kalter Schauer über den Rücken. Nicht auszudenken, was geschehen wäre, wenn Max doch noch davon erfahren hätte.

Ohne das Lied zu Ende gehört zu haben, drückte sie es weg.

Kurzentschlossen warf sie den Flyer in den Papierkorb und machte sich auf den Weg zu Mads Sørensen.

9.

Er hatte es eilig, nach As Vig zu kommen. Nicht einmal für einen Abstecher nach Palsgaard war Zeit.

Erst an As *kirke*, nachdem sie die letzte Steigung genommen hatten, war er bereit, eine Pause einzulegen.

Doch weder die schöne Lage dieser romanischen Kirche hoch über der Bucht noch die Fresken mit Motiven nach Aesop schienen ihn zu interessieren.

„Meine Schwester und meine Cousine erwarten uns um vier. Eigentlich ist das ohnehin zu spät. In Dänemark trinkt man früher Kaffee."

Sie schluckte. „Der erste gemeinsame Ausflug, Mads, und dann gleich mit Familienanschluss? Darauf war ich nicht gefasst!"

„Meine Schwester war auch überrascht, als ich ihr davon erzählte." Nun zwinkerte er ihr wieder zu. „Schließlich kenne ich ja auch Ihre Familie, Gesa."

Nein, das war kein Zwinkern. Beim letzten Mal, als sie am Bremer Uni-See Kaffee getrunken hatten, war es fast weg gewesen. Dabei gefiel ihr diese kleine Marotte.

„Jetzt ist es zu spät für einen Rückzieher", lachte er.

Und dann radelten sie hinunter in die Bucht.

10.

Das Haus am Hang war ein typisches Sommerhaus aus den siebziger Jahren. Es konnte eine Renovierung vertragen.

Til salg. Die Immobilie stand zum Verkauf an.

Auf dem Rasen lag allerhand Kinderspielzeug, und von der überdachten Terrasse aus hatte man einen herrlichen Blick auf As Vig.

„Bei zwanzig Grad und ohne Wind kann man es hier auch ohne Sonne aushalten", sagte Mads, während er eine der beiden Thermoskannen in die Hand nahm.

„Bitte nur halbvoll, damit ich ihn verdünnen kann", konnte Gesa gerade noch rechtzeitig sagen. Der Kaffee war rabenschwarz, zum Glück stand eine Tüte *Letmælk* auf dem Tisch.

„Wenn ich Kaffee trinke, dann auch am liebsten mit Milch", stimmte Mads Schwester ihr bei. Die junge Frau mit den modischen Zöpfen und dem hübsch geblümten Baumwollkleid war ihr auf Anhieb sympathisch gewesen. Sie sah nicht nach Provinz aus, war aber auch keine dieser strengen, überschlanken Mütter aus dem großstädtisch universitären Milieu.

„Greifen Sie zu! Es ist ja reichlich da", deutete Emma auf die Kuchenberge vor ihnen.

„Ich liebe Blätterteig mit Marzipan. Woher wussten Sie das?"

„Reines Glück!"

Mads sah zu seiner Schwester hinüber. „Ich konnte ja nicht wissen, dass du die anderen wegschickst."

„Er wohnt nicht bei uns, sondern in Juelsminde, direkt am Hafen, da, wo das Leben spielt. In einer Luxusherberge!"

Gesa wusste nicht so recht, wie sie das Geplänkel zwischen den beiden deuten sollte.

„Sieh dir nur das Bad an! Die Nachbarhäuser sind viel moderner."

„Die Kinder fühlen sich wohl", zeigte Mads aufs Meer. „Zum Baden ist As Vig genauso schön wie Juelsminde. Etwas anderes war so kurzfristig nicht zu bekommen."

„Noch ist das Wasser für die Kleinen viel zu kalt."

„Was ist los?"

Mads Sørensen, der siebzehn Jahre älter war als seine Schwester, erhob die Stimme. Die Trainerstimme! Und jetzt zwinkerte er auch wieder mit den Augen. „Klär das mit Michael!"

Kaum hatte er zu Ende geredet, sprang seine Schwester auf und lief ins Haus.

„Ich weiß wirklich nicht, was mit ihr ist", entschuldigte er sich und eilte Emma hinterher.

11.

„Und du?", wandte sie sich an den kleinen, braunen Spitz, der sie so herzlich begrüßt und später brav zu ihren Füßen gelegen hatte.

Nun hatte er leise zu knurren begonnen.

„Komm mit, Fritz! Wir drehen eine Runde ums Haus."

Es war ihr nicht entgangen, dass Emma sich mehrmals über ihren Bauch gestrichen hatte.

Eine typische Geste.

Vielleicht war das Kind unerwünscht? Oder die Ehe befand sich in einer Krise?

Ungewollt schwanger?

So wie sie damals in Prag, als sie, kaum von Pavels Schoß gestiegen, festgestellt hatte, dass sie ein Kind erwartete. Von Max Conradi.

Für einen Moment hatte sie an Abtreibung gedacht.

Doch dann hatte Zuzana Farkasz sie auf die Erde zurückgeholt. „Wollen Sie meinem Jungen die Verantwortung für Ihre beiden kleinen Söhne aufbürden, Frau Dr. Jakobsen?", hatte seine Mutter gefragt.

Gleich am nächsten Tag hatte sie sich von ihm getrennt.

Sie dachte an ihren jüngsten Sohn.

Jakob, ihrer aller Sonnenschein.

Er war von Anfang an leichter zu händeln gewesen als die Zwillinge, die schon mit sieben Jahren wie Einserjuristen durch die Gegend stolziert waren und ihr nach Max` Tod einigen Kummer bereitet hatten. Zum Glück hatte Erik später einen Weg gefunden, ihnen das auszutreiben, und seine hochbegabten Söhne für ein Jahr an eine *Efterskole* auf Fünen verbannt. Da hatten sie andere Dinge gelernt als auf ihrem Bremer Traditionsgymnasium, das schon Max` Großvater besucht hatte.

In diesem Moment zeigte sich die Sonne, und der Hund jaulte auf. Der Spitz lief neben ihr her, als gingen sie jeden Tag miteinander spazieren.

Jakob hatte auch immer einen Hund haben wollen.

Wie es ihm wohl gefiel im Harz? Wenn er übers Wochenende mit den Pferdeleuten unterwegs war, meldete er sich mindestens einmal am Tag.

Nun legte sich der Hund genüsslich auf den Rasen und wälzte sich im Gras.

Ja, so einen wie Fritz, den hätte auch sie gerne gehabt. Vaters Jagdhund hin oder her.

Die Zwillinge würden Barkenstedt verlassen, da konnte es nicht schaden, für sich und Jakob einen treuen Kameraden heranzuziehen.

Und wenn nun auch womöglich noch ihr Vater Barkenstedt verließe? Er fuhr in letzter Zeit so häufig nach Cuxhaven.

Wie sollte sie zurechtkommen ohne ihn? Er kümmerte sich um so vieles. Nicht nur um ihre Buchhaltung.

Und auch seine Haushälterin Natalia hielt ihr den Rücken frei.

Ganz allein? Nur sie und Jakob. Und ein fremder Hund?

Da wäre es einsam um sie in Barkenstedt.

Nein, daran mochte sie nicht denken.

Noch waren sie eine große Familie.

12.

„Da haben meine Hormone wohl verrückt gespielt", entschuldigte sich Emma. „Vielleicht kennen Sie das ja von Ihren Schwangerschaften."

Gesa nickte ihr zu.

„Sie hat mir eben erst davon erzählt", sagte Mads und strich seiner Schwester über den Arm.

„Bevor ihr ankamt -" Emma hielt kurz inne. „Wollen wir uns nicht duzen, Gesa?"

Sie war sofort einverstanden.

„Wunderbar!", sagte Mads, ging ins Haus und kam mit zwei angebrochen Flaschen Sekt und drei Gläsern zurück.

„Für dich den Kindersekt, Emma", bestimmte er. „Wir haben ja reichlich Grund zum Feiern!"

„Mit Kuss?", neckte ihn seine Schwester.

„Ich glaube, das lassen wir lieber", entschied er mit einem Blick auf Gesa. Und dieses Mal blinzelte er ihr wirklich zu.

„Mein Mann arbeitet für das Alfred Wegener Institut in Spitzbergen. Eigentlich wollten wir nach Spanien fliegen. Aber dann ist seine Ablösung krank geworden, und wir mussten den Urlaub kurzfristig stornieren. Wie habt ihr euch eigentlich kennengelernt?" Nun lächelte Emma auch wieder.

„Über Fritz." Mads streichelte den Hund, der nun zu Füßen seiner Schwester lag. „Darf ich die Geschichte erzählen?"

„Nur zu!", forderte Gesa ihn auf. „Was die Machenschaften meiner Söhne betrifft, kann mich nichts erschüttern."

„Als ich im Frühjahr in Bremen zu tun hatte, habe ich zunächst am Hillmannplatz gewohnt, wo du mich mit den Kindern besucht hast. Auf Dauer war mir das Hotel zu teuer und die Gegend zu laut. Und dann hat mir Ole Jensen eine Ferienwohnung vermittelt, die Gesas Vater gehört."

„Jensen aus Handewitt?"

„Er arbeitet jetzt als Entwicklungsingenieur bei Mercedes in Bremen und wohnt wie Gesa in Barkensetdt."

„Er ist der Interimstrainer unserer Handballherrenmannschaft."

„Oberliga Nordsee! Tabellenplatz vier! Gesas Zwillinge sind begnadete Handballer. Sie verstehen sich blind, und ihre Ähnlichkeit verwirrt die Gegner. *To smukke drenge.*[4] Die Mädchen laufen ihnen hinterher."

---

[4] dän.: zwei schöne Jungs

„Sie wissen damit umzugehen."

Er runzelte die Stirn. „Bist du dir da sicher, Gesa?"

„Vielleicht sollten wir die Geschichte etwas abkürzen, Mads." So leicht, wie sie geglaubt hatte, ging ihr das Du nicht über die Lippen. Auf Dänisch wäre es einfacher gewesen!

„Ich höre gerne etwas über das Leben meines Bruders. Er redet viel zu selten darüber. Manchmal ist er wochenlang verschwunden, draußen in der weiten Welt. Dass - "

„Sie weiß es, Emma! Ich habe ihr erzählt, dass ich verheiratet bin!", wies Mads Sørensen seine Schwester zurecht. Sein Unmut war nicht zu überhören gewesen. War es nur Unbedachtheit? Oder spielte Emma gar ein falsches Spiel? Nein, das traute sie ihr nicht zu.

„Ich habe sie an dem Tag kennengelernt, als ihr mit der ganzen Mischpoke den Zoo in Hannover besucht und den Hund bei mir abgegeben habt."

„Und dann musstest du plötzlich nach Hamburg, ohne Hund!", bemerkte Gesa mit einem süffisanten Lächeln. Sie dachte an den Iran. Und an seine Frau und seine Kinder. „Du scheinst ein vielbeschäftigter Mann zu sein und viel herumzukommen."

„Mads unterrichtet Sport in Köln und manchmal auch an der Universität Esbjerg", erklärte seine Schwester.

„Ja, ich weiß", sage Gesa.

„Dass es Anfragen aus Katar und Frankreich gibt, wo er wesentlich mehr verdienen könnte, hat er dir bestimmt noch nicht erzählt. Er stellt sein Licht gern unter einen Scheffel", verkündete die Schwester stolz.

„Das sind ungelegte Eier, Emma, ohnehin entscheidet sich das erst nach der WM im Januar. Reizen würde es mich schon, noch einmal für einen Verein zu arbeiten, wenngleich mir die Zeit in Flensborg und Spanien noch immer in den Gliedern steckt."

„Und was ist mit deinem Kölner Club?"

„Vierte Liga, Emma. Das ist für mich ein Hobby."

„Wann hast du das letzte Mal einen größeren Verein trainiert?"

„Vor vier Jahren, Gesa, als Interimstrainer bei einem französischen Club."

„Mads hat sie vor dem Abstieg gerettet", warf seine Schwester ein.

Er griff sich an die Nase, und dann nahm er das alte Thema wieder auf. „Lange Rede, kurzer Sinn. Gesas Söhne, die, anders als ihre Mutter, bestens über meine Jahre als Trainer und Spieler informiert waren, haben mir angeboten, sich um Fritz zu kümmern."

Hatte da eine kleine Rüge mitgeschwungen?

„Mein Vater war ein Fan von Mads. Er ist es, glaube ich, immer noch."

„Dein Vater, Gesa? Und was ist mir dir?" Ohne auf Emma zu achten, sah er ihr prüfend in die Augen. Und dann auf ihre Brust.

War er gerade dabei, Pflöcke einzuschlagen? Noch dazu vor Zeugen? Das war doch sonst nicht seine Art?

„Ich hab`s nicht so mit Handball, Mads", gab sie ihm keck zurück.

„Auch Gesa war einmal Handballerin. Im Auswahlteam von Niedersachen. Sie weiß, wovon ich rede."

Das hatte sie ihm nie erzählt.

Noch einmal musterte er sie gründlich. Dann senkte er den Blick und grinste. Die Schwester amüsierte sich. „So kenne ich ihn gar nicht. Zum Glück trainiert er kein Frauenteam!"

Nun lachten sie alle drei.

„Gesas Zwillinge sind ausgesprochen geschäftstüchtig, Emma. Als ich Fritz am Samstagvormittag in Gesas Buchhandlung abgeben wollte, wartete bereits eine junge Dame auf ihn, die Hunde liebte, aber in der Woche keine Zeit dafür hatte."

„So war allen gedient. Eine tolle Idee!"

„Nicht nur ich hatte für diese Dienstleistung zu zahlen, auch die junge Frau, der sie den Hund übers Wochenende vermittelt hatten, musste dreißig Euro berappen."

„Weit unter dem gesetzlichen Mindestlohn!", meinte Emma zufrieden.

„Kurz vor Mittag", fuhr Gesa fort, „war die junge Dame wieder da, um den Hund zurückzubringen. Sie wollte nun doch lieber auf ein Konzert nach Hannover.

„Und dann?"

Sie lachte. „Hatte ich das Vergnügen, mein Wochenende mit Fritz zu verbringen."

In diesem Moment kam ein Mädchen von etwa fünf Jahren um die Ecke gerannt.

„Wir sind wieder da, Mama!"

„Hallo, Sofie." Der hochgewachsene Mann sprang auf, ging in die Hocke und nahm die Kleine in die Arme. „Wir begrüßen euch noch kurz, dann müssen wir wei-

ter, damit wir noch vorm Dunkeln in Juelsminde
sind."
Es war Sommer und noch keine sechs.

13.

Jetzt hatte er Zeit für Palsgaard.

Palsgaard Industri A/S.

„Palsgaard is a specialist in the manufacture of emulsifiers and stabilizers for bakery, confectionery, dairy, ice cream, margarine, mayonnaise and dressings", las er von seinem Smartphone ab. „Das gefällt mir. Das sind Lebensmittel, die mir schmecken, und die Emulgatoren dafür werden hier entwickelt und produziert, direkt vor den Toren Juelsmindes."

Nun zauberte er ein Infoblättchen des Betriebs aus seiner Hosentasche. Sie schmunzelte in sich hinein. Er hatte sich gründlich vorbereitet!

„Das Gut mit seinen 1353 Hektar Land und 300 Mitarbeitern bildet den Rahmen für eine einzigartige Verbindung zwischen Industrie, Handel, Land- und Forstwirtschaft."

Sie war schon häufig hier gewesen. Ein wunderschöner Garten, einer der größten Herrenhofparks in Dänemark.

Da Abendbrotzeit war, *middag,* wie die Dänen dazu sagten, schienen sie die einzigen Besucher zu sein. Die Musical-Saison war vorüber und die Freilichtbühne neben dem idyllischen Teich längst wieder abgebaut.

Zunächst hatten sie sich die Staudenbeete an der Schlossmauer angesehen. Hier wuchsen achtundneunzig unterschiedliche heimatliche Pflanzen, siebenmal vierzehn, von der Prachtscharte bis zum Sturmhut.

Er kannte sie fast alle, zum Teil sogar mit ihren botanischen Namen. „*Dianthus barbatus* und *Salvia Nemorosa Ostfriesland*", deutete er auf die weißen Bartnelken und den Salbei. „Unser Vater war Biologielehrer."

Inzwischen waren sie beim anderen Eingang angekommen und standen vor den Fuchsien-Stämmchen neben dem Gewächshaus, eines prächtiger als das andere. Sie schienen ihm zu gefallen.

„Leider kenne ich mich damit gar nicht aus", gestand er ein.

„Ich auch nicht", sagte sie. „Aber Fuchsien mag ich besonders gern."

„Von Bäumen verstehe ich mehr."

Er zögerte einen Moment.

„Warst du schon einmal im Paradies, Gesa?"

Verwundert sah sie ihn an. Und dann erinnerte sie sich an die *Südlichen Gärten* beim Hradschin, die Pavel ihr damals, an ihrem letzten Tag in Prag, gezeigt hatte.

„*Paradaidha*." Nun redete er wie zu sich selbst. „In *Persischen Gärten* - da blühen Geist und Seele."

So hatte sie ihn noch nie erlebt, so weich und voller Wehmut.

„Denkst du oft an den Iran?"

„Wie bitte?"

Er schien noch in Gedanken.

„Manchmal schon."

Nun hatte er die Frage doch verstanden.

„Was möchtest du wissen?"

„Entschuldige, ich weiß, dass mich das nichts angeht."

„Doch, doch", beharrte er. „Lass uns darüber reden. Unten im Park."

„Weißt du, meine Frau und ich, wir fühlen uns immer noch verbunden. Ich liebe meine Kinder."

Sie sah zu Boden.

„Woran ist eure Ehe zerbrochen?", traute sie sich schließlich zu fragen.

„Ein *clash of cultures?* Ich weiß es nicht. Vielleicht ein *clash of systems.* Oder beides. Auch wenn man sagt, die Liebe überwinde alle Grenzen. Das hat bei uns nicht funktioniert."

„Trägt deine Frau aus Überzeugung Kopftuch?"

Nun lächelte er.

„Daran lag es nicht. In Persien tragen alle Frauen in der Öffentlichkeit den Staatsschleier, auch die Touristinnen, und besonders religiös ist meine iranische Familie auch nicht. Nein, daran lag es nicht. Es lag auch nicht nur an der fehlenden Freiheit und der schlechten Luft in Teheran. Meine Frau ist Lehrerin für Englisch und Arabisch. Als ich zum ersten Mal mit einer Sportdelegation im Iran war, hat sie für uns gedolmetscht. Sie wirkte so modern und gleichzeitig exotisch."

Gesa räusperte sich.

„Ihre Eltern waren zunächst dagegen", setzte er hinzu. Das wurde ihr allmählich zu persönlich, und die Rolle der Beichtmutter hatte sie jahrelang für Erik Laursen gespielt.

Er schien zu überlegen.

„Ein Beispiel, Gesa. Während meines Studiums habe ich für ein paar Wochen als Freiwilliger in einem Kibbuz in Israel gearbeitet, und später hatte ich manchmal in den USA zu tun. Dabei habe ich nicht nur diese beiden Länder, sondern auch viele liebenswerte Menschen kennengelernt."

„Erzfeinde des Iran."

„Mein Schwiegervater arbeitet für den Staat, er ist ein hohes Tier im Bausektor, ein promovierter Diplomingenieur. Ein aufgeklärter Mensch. Von ihm und meiner Schwiegermutter habe ich viel gelernt über persische Kultur und Geschichte. Ich kann Farsi, und mein fünfjähriger Sohn heißt Darius, mit meinem Einverständnis. Obwohl es einigen sicher lieber gewesen wäre, wir hätten ihn Ali genannt. Aber sobald es offiziell wurde, waren sie wie ausgewechselt. Immer wieder, vor allem in Gesellschaft, wurde gegen Israel und die Vereinigten Staaten gehetzt, und ich, Mads Sørensen vom stolzen Stamm der Dänen, saß schweigend daneben, weil die anderen mein üppiges Salär als Sportlicher Berater finanzierten. Drei Jahre habe ich durchgehalten, dann habe ich einen Schnitt gemacht und einen Deal mit ihnen geschlossen."

Sie konnte sich fast denken, wie das abgelaufen war.

Er starrte einen Moment ins Leere.

„Warum habt ihr es nicht gemeinsam in Dänemark versucht? Das wäre doch viel einfacher gewesen."

„Sie hat es hier nicht ausgehalten. Ich glaube, sie wäre zerbrochen", kam es zögernd zurück. „Sie liebt ihr Land und ihre Familie. Ich habe einige religiöse Feste im Iran erlebt. Da war eine solche Gemeinschaft, eine so tiefe Verbundenheit unter den Menschen, wie du es hier nicht einmal zu Weihnachten erlebst."

Wieder schien er kurz zu überlegen.

„Obwohl ich ihr eine Stelle an einem Spracheninstitut vermittelt hatte, hat sie sich geweigert, bei mir in Kopenhagen zu bleiben. Es war ihr dort zu liberal, und sie sorgte sich um die Erziehung unserer Tochter. Ich vermute, dass auch ihre Mutter und ihr ältester Bruder ihren Teil dazu beigetragen haben."

„Sie ist Schiitin?"

„Ja, ich musste konvertieren, eine reine Formsache, sonst hätten wir nicht heiraten können. Meine dänische *folkekirke* hat Verständnis signalisiert. Offiziell leben wir immer noch zusammen, ich *arbeite im Ausland und bin viel auf Reisen*. Das mit der Scheidung wird nicht einfach werden, obwohl meine Frau und ich uns einig sind. Wir streben eine einvernehmliche Lösung an. Doch dafür brauchen wir ihren Vater, der hat gute Kontakte zur Justiz. Das Problem sind Nasrins Mutter und ihr Bruder, die beiden denken noch sehr traditionell, dabei lassen sich auch im Iran inzwischen immer mehr Paare scheiden, und die Geburtenrate ist noch niedriger als in Deutschland."

Wieder sah sie zu Boden.

„Und dann habe ich meinen Trainerposten in Kopenhagen aufgegeben und bin als Dozent an die Sporthochschule nach Köln gegangen. Damals war unsere Tochter zwei. Das war vor acht Jahren."

Vor acht Jahren?

Sein Sohn war jetzt erst fünf.

„Ja, manchmal habe ich noch mit ihr geschlafen", schien er ihre Gedanken lesen zu können. „Ach, Gesa!"

Sie spürte, wie sich etwas in ihr zusammenzog. Und er verstummte.

„Jetzt weißt du, mit wem du es zu tun hast", fand er endlich wieder Worte und griff nach ihrer Hand. Sie ließ ihn vorerst gewähren.

Schweigend gingen sie weiter hinein in die gebändigte Natur.

„Nun lass uns Bäume bestimmen im Park. Darin bin ich Experte."

„Dafür brauche ich dich nicht, Mads, es sind überall kleine Schilder angebracht. Aber eine Frage hätte ich noch. Warum hast du mir das alles erzählt?"

Noch immer hielt er ihre Hand.

„Damit du weißt, mit wem du es zu tu hast."

„Das meine ich nicht, das hast du mir bereits gesagt."

Was war da gerade in sie gefahren? Wollte sie das wirklich wissen?

„Du hast recht. Lass uns von Anfang an mit offenen Karten spielen. Ich war einige Male in deiner Buchhandlung, Gesa. Dort war es wärmer als in meiner Ferienwohnung."

Hätte sie ihn nur nicht danach gefragt.

„Das kann nicht sein, mein Vater sorgt für seine Gäste."

„Du weißt genau, was ich meine. Du bist die Seele des Geschäfts. Mit welcher Geduld du den alten Leuten

Fahrkarten verkauft hast und wie liebevoll du zu den kleinen Mädchen warst, wenn sie dir aus ihren Pferdebüchern erzählten."

„Das ist mein Beruf. Ich kann auch anders sein. Warum hast du es mir erzählt?"

Nun zog er seine Hand zurück.

„Einmal auf dem Frühlingsfest in Barkenstedt haben wir getanzt."

„Ein einziger Tanz, Mads. Danach warst du verschwunden."

„Für einen Moment hast du mir in die Augen gesehen, Gesa. Da lag eine so tiefe Sehnsucht. Da habe ich mich wiedererkannt."

Da hatte er wohl etwas missverstanden.

Sie erschrak über sich selbst. Wie hatte sie ihn nur so drängen können mit ihrer Fragerei?

Nun ja, sie hatte es wissen wollen. Doch ein Mann, der sich derart die Zukunft verbaut hatte, kam für sie nicht infrage. Nun war es zu Ende, bevor es überhaupt begonnen hatte.

Und jetzt wollte er als Trainer nach Katar?

Inzwischen waren sie auf der anderen Seite des Parks angekommen. Der Himmel hatte sich verdunkelt, und von einem Moment auf den anderen begann es zu schütten. Die Rucksäcke mit dem Regenzeug hatten sie bei den Fahrrädern gelassen, die am Eingang an der Schlossmauer lehnten.

„Spute dich, Gesa!", forderte er sie auf und rannte in der Haltung eines Hundertmeterläufers zu dem kleinen Buchenhain hinüber.

Ein Leistungssportler. Der würde womöglich noch ihre Zwillinge besiegen.

„So schnell ist mir noch keiner weggelaufen", kam sie etwas außer Atem bei ihm an, und er deutete auf ihr nasses Shirt.

Blitzschnell zog er sein Hemd aus und hielt es ihnen über den Kopf.

Nun stand er vor ihr, halbnackt, und sie starrte auf seinen Oberkörper. Einem derart gut gebauten Mann war sie noch nie begegnet. Nicht so nah. Den würde seine persische Frau nicht so bald freigeben.

„Unter Buchen sollst du es versuchen", sagte er, während seine Augen auf ihrem Viskose-Shirt verweilten, unter dem sich ihre Brustwarzen viel zu deutlich abzeichneten. Und dann packte er sie, zerrte ihr das Shirt über den Kopf auf den Rücken und machte sich, noch während er den BH nach oben schob, über ihre Brüste her. Und hörte gar nicht wieder auf. Das ist die falsche Reihenfolge, dachte sie, doch noch im selben Augenblick hob er den Kopf und sah ihr in die Augen. Und dann nahm er sich ihren Mund vor und ihre Hand fuhr an seine Hose.

Völlig unvermittelt ließ er von ihr ab, beugte sich nach unten, griff sich sein Polohemd und hielt es vor ihren Körper.

Zwei Gärtner in einer Art Golf-Cart, keine zehn Meter von ihnen entfernt, hoben anerkennend die Hand.

„Hoffentlich erkältest du dich nicht", sagte er und bot ihr sein klammes Hemd an.

Dann gingen sie, inzwischen hatte es aufgehört zu regnen, wie zwei begossene Pudel zu ihren Rädern zurück, schoben sie in eine der nahe gelegenen Scheunen des Gutshofes und zogen sich, jeder in einer anderen Ecke, die nassen Sachen aus und die trockene Regenkleidung an.

„Zum Glück ist es nicht kalt", sagte sie.

„Das kann man wohl sagen!", pflichtete er ihr bei.

Dienstag

14.

Nachdem sie dem Wasser gleich zweimal zu nah gewesen und auf wundersame Weise gerettet worden war, hatte sie auf das morgendliche Bad verzichtet und auch etwas länger geschlafen.

In ihrer Buchhandlung ging es zwei Wochen nach Beginn des neuen Schuljahres wieder etwas ruhiger zu, und Frau Weiß hatte sogar schon Bücherkisten für die Lesepaten vorbereitet. Sie hatte ihr außerdem mitgeteilt, dass die neue Kollegin Frau Wilken, eine Expertin für das Niederdeutsche, die Klaus Groth-Lesung ihres Vaters moderieren würde. Auf Plattdeutsch. Er sei einverstanden. Die Woche vor den Herbstferien. Das sei eine gute Zeit für Lesungen. Die Presse sei bereits informiert.

Gegen neun war sie zu *Brugsen* gefahren, um für sich und die Zwillinge einzukaufen. Sogar an die Lakritzheringe hatte sie dieses Mal gedacht.

Vier Wochen waren ihre beiden Söhne in Island gewesen, bei Eriks Bruder Sven und dessen Familie. Zu Eriks Kindern und Enkeln, die in Århus und Kopenhagen lebten, hatten die Zwillinge kaum Kontakt. Da hatte sicher Jytte Laursen, seine erste Frau, ihre Hände im Spiel gehabt. Sie dachte an die SMS, verwarf diesen Gedanken aber gleich wieder. Schließlich hatte Jytte die beiden jetzt persönlich eingeladen. Ein Versöhnungsangebot?

Ursprünglich hatten Jan und Felix nach dem Abitur auf große Fahrt gehen wollen zum Apfelsinenpflücken und Chillen nach Australien. „*Work und Travel* könnt ihr auch in der Fischfabrik von Onkel Sven machen", hatte Erik die Absichten seiner Söhne durchkreuzt, und auch Gesa hatte ihren Plänen nichts abgewinnen können. „Ein Jahr Pause wollt ihr machen? Wovon?"

Wohl oder übel hatten sie sich in ihr Schicksal gefunden, und jetzt freuten sie sich sogar darauf, schon Ende September mit dem Studium in England zu beginnen.

Noch war es nicht so weit. Heute würden sie nach Juelsminde kommen und bis zu der Hochzeit bei ihr bleiben. Am Samstag ging es dann zurück nach Barkenstedt.

Nun musste sie ihnen nur noch beibringen, dass das kleine Haus belegt war und sie sich für den Olympia-Abend mit Høgs Enkeln eine andere Fernsehstube suchen mussten.

Die Betten auf der Galerie hatte sie inzwischen bezogen und musste schmunzeln. Bereits vor fünf Jahren hatten die Zwillinge es abgelehnt, unter Werder-Bettwäsche zu schlafen, nicht nur wegen des Tabellenplatzes.

Sie waren früh erwachsen gewesen, viel früher als Jakob, und doch verhielten sie sich manchmal noch wie Kinder und stritten mit dem kleinen Bruder.

Noch einmal strich sie über Felix' Bettdecke, dann öffnete sie die Tür zum Elternschlafzimmer und auch die Fenster, um gründlich durchzulüften. Hier oben roch es immer leicht nach Kamin.

Dafür war die Aussicht umso schöner.

Da stand sie nun am offenen Fenster, blickte aufs Wasser und träumte.

Ganz allein.

Und Möwen kreisten überm Meer.

„Du bist zu jung, um allein zu bleiben." Das hatte ihr Vater schon vor einem Jahr zu ihr gesagt. „Die Kinder werden aus dem Haus gehen." Und dann hatte er lächelnd hinzugefügt: „Es muss ja nicht die große Liebe sein!"

Die große romantische Liebe?

Viel zu lange hatte sie Platons Mythos von der verloren gegangenen zweiten Hälfte des Menschen auf sich und Erik bezogen und nicht sehen wollen, dass dieser seine Ganzheit schon in jungen Jahren wiedergefunden hatte.

Auch Max und sie waren nicht die zwei Hälften gewesen, die füreinander bestimmt waren, dennoch hatten sie eine gute Ehe geführt, harmonischer, als sie zu hoffen gewagt hatte. An Leidenschaft mochte es gefehlt haben, dafür hatten Jakob, die Zwillinge und die vielen Interessen, die Max und sie gemeinsam teilten, ihrer beider Leben auf andere Weise bereichert. Sie hatte sich aufgehoben gefühlt bei ihm.

Hätte er nur früher von seiner Erkrankung erzählt!

Nun stand sie hier allein am Fenster und sah aufs Meer.

Auch die kleine Meerjungfrau hatte oft am Fenster gestanden und durch das dunkelblaue Wasser nach oben geschaut, wohin ihre fünf älteren Schwestern Arm in Arm ohne sie emporgestiegen waren.

Wonderful life.

„Wonach sehnen Sie sich, Gesa?", hatte Siri gefragt.

Fünf Jahre hatte sie gelebt wie eine Nonne und keinen Mann berührt. Ja, es gab da etwas abzubüßen in ihrem Leben. Doch das war längst verjährt.

Du bist zu jung, um allein zu sein.

Dreiundfünfzig.

Was mochte gemeint sein in dem alten Song von Black, der nun schon wieder im Radio lief, gesungen von Katie Melua.

Ein Kamerad?

Oder ein Freund wie Mads Sørensen? Einer, der für die Liebe sogar zum Islam konvertiert war und den, fern von seinem Weibe, ab und an nach einer Frau gelüstete?

Diese Rolle hatte sie viel zu lange gespielt. Diesen Part würde sie nicht noch einmal übernehmen! Und nun wollte er auch noch als Trainer nach Katar?

In Gedanken versunken stieg sie die Treppe hinunter in den *opholdsrum*.

Dann fiel ihr Blick auf den Papierkorb.

Der Flyer vom ARoS Kunstmuseum steckte immer noch da.

Warum eigentlich nicht? dachte sie und holte ihn heraus.

Pavel Klima alias Paul Farkas.

Vierzehn Jahre hatten sie sich nicht gesehen.

Vielleicht könnte sie doch nach Århus fahren? Neunundsiebzig Kilometer. Eine gute Stunde mit dem Auto.

Sie mochte seine Bücher und besonders seinen Kommissar, und schließlich waren sie nicht im Streit auseinandergegangen, sondern wie zwei erwachsene Menschen.

Pavel war nicht der Mann gewesen, ihr Leben aus dem Lot zu bringen. Das hatte ein anderer vollbracht. Vor vielen, vielen Jahren.

Und doch gab es da etwas, was sie nicht so recht verstand.

Noch einmal wählte sie das Sehnsuchtslied.

Und allmählich kamen auch andere Erinnerungen zurück.

„Der Rhythmus passt zu dem, was wir hier treiben, Gesa", hatte er gesagt, damals, in seiner Wohnung an der Prager Kleinseite. Gleich dreimal hintereinander hatte er es abgespielt, und sie hatten gar nicht wieder voneinander lassen können. „Das ist nicht Verliebtheit, Gesa, das ist Liebe", war er sich sicher gewesen.

Viel zu sicher.

Fünf Tage Prag.

Nicht mehr allein.

Und dann hatte er gar nicht schnell genug nach Amerika kommen können. Und sie zurück zu Max.

Erst viele Jahre später war sein erstes Buch erschienen. „Ein Geheimtipp. Gesa, ein neuer Star am Krimihimmel", hatte Frau Weiß ihr den damals unbekannten Autor empfohlen, und beinahe wäre ihr das Herz stehen geblieben, als sie bemerkt hatte, dass ihre Beziehung zu Pavel Teil dieses Krimis war, wenn auch so verschlüsselt, dass Außenstehende nichts erkennen würden. An einer Stelle hatte er sogar wortwörtlich wiedergegeben, was sie ihm zum Abschied gesagt hatte.

Noch war es nicht vorbei. Immer noch bemühte sich der Kommissar um seine karrierebewusste Chefin, die ein Verhältnis mit einem hochrangigen Geheimdienstoffizier hatte und darüber den Mann, der sie aufrichtig liebte, vergaß. Allerdings war der Detective inzwischen mit einer wesentlich jüngeren Kollegin verheiratet, und die beiden hatten eine Tochter.

Pavels Bücher wurden immer besser. Sein neuer Roman verkaufte sich sehr gut und hatte sogar die Feuilletons beschäftigt.

Neunundsiebzig Kilometer.

Wahrscheinlich war er längst verheiratet und hatte Kinder. Sehnsucht hin oder her! Sie hatte die richtige Entscheidung getroffen damals in Prag.

Das, was in Romanen stand, war nicht die Wirklichkeit.

15.

Punkt halb elf, wie vereinbart, klickte sie auf FaceTime, und schon saß ihr ältester Sohn ihr gegenüber.

Sie freute sich, ihn zu sehen, wunderte sich aber, dass er allein, ohne seinen Bruder war.

„Guten Morgen, Mama. Ich bin schon wieder in Dänemark. Gut siehst du aus. Der neue Lippenstift steht dir ausgezeichnet.

Charmeur, dachte sie. Der führt etwas im Schilde!

„Guten Morgen, Felix. Wo ist Jan? Wann kann ich mit euch rechnen?"

Er biss sich auf die Lippen und deutete auf den Korb mit den Kartoffelchips und den Süßigkeiten, der neben ihr auf dem Stuhl stand.

„Es tut mir Leid, Mama. Wir werden erst nach der Hochzeit kommen können."

„Was ist passiert?"

Schon machte sich die Angst breit, so wie damals, als sie den Anruf aus dem Krankenhaus bekommen hatte. Zwei Stunden vor Max' Tod. Sepsis nach verschleppter Mandelentzündung. Sie hatte es nicht mehr rechtzeitig geschafft nach Hamburg-Eppendorf.

„Wo ist Jan! Ich mache mir Sorgen! Raus mit der Sprache!"

Er zuckte zusammen.

„Entschuldige, Mama. Allen geht es gut." Unsicher fuhr er sich mit dem Daumen durchs Gesicht. „Jan ist noch in Reykjavik, er ist noch einmal mit dem Fabrikschiff rausgefahren, wird aber rechtzeitig zur Hochzeit da sein. Morgen früh kannst du ihn erreichen. Ich bleibe bis Donnerstag in Kopenhagen."

„So, Felix", versuchte sie möglichst ruhig zu sprechen, um sich ihre Enttäuschung nicht anmerken zu lassen. „Nun das Ganze noch einmal etwas genauer."

„Jan ist liebeskrank! Es hat ihn erwischt, fast wie Goethes Werther."

„Das ist in eurem Alter nicht ungewöhnlich."

„Jördis Laursen. Es ist etwas Ernstes."

„Svens Enkelkind?" Entgeistert schüttelte sie den Kopf. „Sie ist die Großnichte eures Vaters!"

„Liv sagt, bei diesem Verwandtschaftsgrad sei das Risiko für Erbkrankheiten fast schon auf das der Allgemeinheit reduziert."

Liv Laursen, die Frau von Eriks Bruder Sven. Im Laufe der Jahre war sie so etwas wie eine Ersatzgroßmutter für die Zwillinge geworden, besonders seit dem Tod von Gesas Mutter. Liv war eine kluge Frau. Aber dieses Mal hatte sie nicht recht.

„Seit wann läuft das zwischen den beiden? Jan ist erst achtzehn und Jördis noch dazu drei Jahre älter."

„Wir werden neunzehn, Mutter! Mit dem Studium in London bleibt vorerst alles wie geplant." Er zögerte. „Jördis macht ihren Master in Transport und Logistik in Lincoln, da können die beiden sich ab und zu sehen."

„Und was sagt euer Vater dazu? Der ist doch bestimmt nicht einverstanden!"

„Vater sieht es ähnlich wie Liv."

„Das glaube ich dir nicht, mein Sohn!", entfuhr es ihr.

„Der hatte ganz große Pläne mit euch. Ich konnte ihn kaum bremsen."

Nun lenkte Felix die Kamera auf ein Gemälde, das sie aus Eriks Haus in Østerbro nicht kannte. Ein echter Kroyer?

„Willst du es wirklich wissen, Mama?"

Sie senkte den Blick. Nein, das ließ sich nicht gut an, und sie wusste, vorauf es hinauslaufen würde.

„Vater sagt, ein Laursen spürt, wenn es die Richtige ist, und dann muss er zupacken!"

Sie schluckte. Auch Erik hatte mit achtzehn geheiratet. Und Jytte war zwei Jahre älter als er.

„Jördis ist eine attraktive, junge Frau, Felix. Sie hat Erfahrungen mit Männern." Schon war es heraus!

„Lass es, Mama! Das ist keine reine Bettgeschichte. Die beiden kennen sich seit zwölf Jahren und verstehen sich blind. Auch beim Fischfang."

„Und du?"

„Ich werde schon zurechtkommen."

Sie zwang sich, ruhiger zu atmen.

„Wann hat es gefunkt?"

„Letztes Jahr im Herbst, als Jördis in Kopenhagen war."

Und davon hatten sie ihr nichts erzählt? Ihr Vater hatte es bestimmt gewusst. Und Erik Laursen auch.

Hätte sie sich nur mehr Zeit für die beiden genommen. Und nicht nur immer das Geschäft.

Nun machte ihr Sohn eine beschwichtigende Geste, damit schien dieser Teil des Gesprächs für ihn beendet. „Was ist nun? Vater und Jan warten auf meinen Anruf. Was soll ich ihnen sagen?"

Feige Hunde! dachte sie, doch sofort hatte sie sich wieder im Griff. Auch wusste sie aus Erfahrung, dass es keinen Zweck haben würde, sich den Zwillingen und Erik zu widersetzten, wenn diese sich im Recht wähnten.

Noch war nicht das letzte Wort gesprochen!

Sie atmete tief durch und sah aus dem Fenster. Es war ein schöner Tag.

„Warte einen Moment, Felix, auf diesen Schreck hin brauche ich erst einmal eine Tasse Kaffee und eine Zigarette, und dazu gehe ich mit dir nach draußen auf die Terrasse."

„Mama!"

16.

„Jetzt bin ich bereit für weitere Hiobsbotschaften!", versuchte sie zu scherzen.

„Du hattest drinnen für zwei gedeckt. *Flora Danica*. Das teure Geschirr. Erwartest du jemanden zu *frokost?*"

„Sei nicht so neugierig", gab sie lächelnd zurück.

Nun lächelte auch er.

„Mads Sørensen?"

Auch er war eingeweiht?

„Nein, eine Künstlerin aus England, die für ein paar Tage im kleinen Haus wohnt."

„Aber?"

„Kein Aber! Das geht in Ordnung! Hat Høk euch nichts davon erzählt?"

„Was ist nun mit Mads? Hast du ihn bereits getroffen?"

Das hatte erwartungsvoll geklungen.

„Wir waren gestern in As Vig zum Kaffee bei seiner Schwester."

„Und?"

„Es gab Berge von Kuchen. *Wienerbrød* und *gåsebryst*."

Palsgaard. Er hatte schöne, große Hände, wenn auch etwas rau.

„Du lächelst, Mama. Das lässt hoffen."

Sie nahm einen tiefen Zug aus ihrer Zigarette.

„Ich glaube, das wird nichts werden, Felix"

In diesem Moment entdeckte sie die Fuchsie.

Er musste sie ihr hingestellt haben, als sie zum Einkaufen gewesen war. Und wieder zog ein Lächeln über ihr Gesicht. Ein Fuchsien-Stämmchen, genauso schön und groß wie die in Palsgaard. In einem warmen, kräftigen Rot.

„Schade. Dabei ist er verliebt in dich."

„Wie kommst du darauf?"

„Wie er dich immer angesehen hat. Und die vielen Bücher, die er bei uns gekauft hat. Die hatten nichts mit Sport zu tun."

„Mads hat nicht nur Sport, sondern auch Geschichte studiert. Geschichte ist sein Hobby."

Palsgaard im Regen. Das war nicht Liebe, das war Lust gewesen. Ob ein Achtzehnjähriger das unterscheiden könnte? Ob Jan und Jördis das unterscheiden konnten?

„Ich glaube, er wäre genau der Richtige für dich, Mutter."

Da steckte ein Zettel in der Blume.

Nicht dass der Wind ihn noch wegwehte!

„Warte einen Moment, Felix."

Kurz drehte sie die Kamera weg und nahm den Zettel aus der Fuchsie.

Ich habe sie nicht in Palsgaard ausgegraben, sondern einer Nachbarin abgekauft.

Jeg vil have dig. Mads.

Es durchfuhr sie.

Jeg vil have dig. Ich begehre dich.

Das hatte er ihr gezeigt am letzten Abend. Nun hatte sie es auch noch schwarz auf weiß.

„Mal sehen, Felix."

Zum Glück hatte er nicht mitbekommen, wie ihr die Hitze ins Gesicht gestiegen war.

„Da ist noch etwas, Mama."

Was jetzt wohl noch kam?

„Bevor wir nach Island geflogen sind, haben wir ein paar Tage bei Großmutter in Hellerup verbracht. Seitdem ist sie wie ausgewechselt."

Das war doch nicht möglich!

„Und ihr habt es über Wochen nicht für nötig befunden, mich darüber zu informieren, dass ihr Kontakt zur *Schneekönigin* aufgenommen habt."

„Nenn sie bitte nicht so! Du hast Vorurteile, Mutter. Sie ist ganz anders, als sie früher war. Und ich glaube, sie ist traurig, weil sie immer noch keine Einladung zu Vaters Hochzeit erhalten hat."

Was waren das für neue Töne?

„Wollt ihr wirklich auf diese Hochzeit gehen, Felix?", ergriff sie die Gelegenheit.

„Du hattest versprochen, uns damit in Ruhe zu lassen. Außerdem sind wir volljährig. Schau mal, wo ich gerade bin?"

Er stand auf und ging mit seinem iPad nach draußen, dabei richtete er die Kamera zunächst aufs Meer und dann auf das prächtige Herrenhaus.

„Du bist schon wieder in Hellerup?"

Mit welcher Selbstverständlichkeit ihr Sohn sich dort bewegte.

„In Vaters Elternhaus. Schon seit sechs Tagen. Ich war schon mit Großmutter im Louisiana und auf Hamlets Schloss. Sie kennt sich wirklich aus mit Kunst. *Farmor*[5] hat mir Asyl gewährt."

Madeleine Laursen, Eriks vornehme Mutter, die sich bisher jeglichen Kontakt verbeten hatte? Sie dachte an die SMS. Und wieder ergab es keinen Sinn.

Und dann brach es aus Felix heraus. „Ich hab es nicht mehr ausgehalten in Island. Hast du schon mal in einer Fischfabrik gearbeitet? Weißt du, wie kalt es ist und wie laut die Maschinen sind? Ich musste die ganze

---

[5] dän.: Großmutter väterlicherseits

Zeit am Band stehen, kein Isländer weit und breit. Nur Frauen! Aus Vietnam, Rumänien, du weißt schon. Vierzehn Sprachen. In den nächsten Ferien werde ich in der Marketingabteilung von *farmors* Spedition arbeiten."

Marketingabteilung? Nur nicht die Hände schmutzig machen? Sie dachte daran, wie oft sie in seinem Alter im Kühlhaus des Feinkostgeschäfts ihrer Mutter zu tun gehabt hatte.

Und dann dachte sie daran, wie oft Felix ihr in der Buchhandlung zur Hand gegangen war und Bücher- und Zeitschriftenstapel geschleppt hatte. Er scheute die Arbeit nicht. Es hatte mit Jan und Jördis zu tun, dass er aus Island geflohen war.

Die Situation war völlig neu für ihn.

Wie einsam er sich auf einmal fühlen musste.

„Außerdem soll ich dir sagen, dass *farmor* sich noch heute mit dir treffen möchte, in Trapholt. Sie ist bereits auf dem Weg dorthin und meldet sich bei dir."

Madeleine Laursen wollte sich mit ihr treffen?

Hastig richtete sie die Kamera auf den Pavillon, so dass ihr Sohn sie nicht mehr sehen konnte, und holte ganz tief Luft.

„Was will sie von mir?"

„Sie möchte sich mit dir aussprechen. Glaub mir, sie meint es ehrlich."

17.

Zwei Tage vor Eriks Hochzeit wollte sich seine Mutter mit ihr treffen? Noch dazu im Kunstmuseum Trapholt. Die Frau war eine ausgewiesene Kunstexpertin. Trapholt war ihr Terrain.

Immer noch trommelten Gesas Finger auf den Tisch.

Schon mit Eriks erste Ehe war Madeleine nie einverstanden gewesen. Sie hatte Jytte nie gemocht. Und vermutlich war sie auch mitverantwortlich für das Scheitern seiner zweiten Ehe mit einer schwedischen Diplomatin. Eriks jüngste Tochter, die einzige aus dem Laursen-Clan, mit der sich Gesa manchmal traf, hatte so etwas angedeutet.

Erik hatte nie ein schlechtes Wort über seine Mutter verloren. Gleichwohl hatte der achtzehnjährige Adelsspross gegen Madeleines ausdrücklichen Willen die zwanzigjährige Tischlertochter Jytte Borg aus Århus geheiratet. Und jetzt, Jahrzehnte später, würde er sie zum zweiten Mal heiraten.

Und nun wollte Madeleine Blut sehen?

Jytte Laursen hatte nie klein beigegeben und ihre Töchter und auch ihre Enkelkinder nie allein nach Hellerup gelassen. Das war schon mehr als konsequent. Da konnte einem die *Schneekönigin* fast leidtun.

Gesa dachte an ihre Familie. Max' Mutter war schon lange tot gewesen, als sie geheiratet hatten. Allerdings waren ihre eigene Mutter und ihre Großmutter väterlicherseits auch so manches Mal aneinander geraten. Meistens war es dabei ums Geschäftliche gegangen, um die rechte Art, den Feinkostladen zu führen. Um die Kinder hatten sie selten gestritten.

In Eriks Familie schien das anders zu sein.

Die Hochzeit konnte Madeleine nicht mehr verhindern.

Vielleicht wollte sie wieder einen Keil zwischen Erik und Jytte treiben?

Und Gesa Jakobsen aus Barkenstedt? Die Frau aus der Provinz bei Bremen? Welche Rolle war ihr und ihren Söhnen zugeteilt?

Nur einmal vor vier Jahren, kurz nach dem Tod ihrer Barkenstedter Großmutter, waren die Zwillinge für ein paar Tage bei Madame gewesen. Erik hatte darauf gedrängt. Aber Jan und Felix hatten es dort nicht ausgehalten. Madeleine hatte die beiden von einem Museum ins andere geführt, abends manchmal noch in ein klassisches Konzert. Morgens mussten sie ihre Eindrücke aufschreiben und ihr die Texte vorlegen. Es sei schlimmer gewesen als in der Schule.

Etwas Kultur kann nicht schaden, hatte Gesa zunächst gedacht. Doch darum war es den Zwillingen nicht gegangen. Es war die Art gewesen, wie Madeleine mit ihnen umgegangen war. „Sie ist eiskalt und wunderschön, genauso wie die Schneekönigin aus H.C. Andersens Märchen."

Da war ihr ein Schauer über den Rücken gelaufen, und sie hatte ihnen erlaubt, sofort mit dem Zug nach Bremen zurückzufahren.

Vielleicht hatten die Zwillinge auch etwas übertrieben? Sie waren damals in der Pubertät. Und ihr war es mehr als recht gewesen, dass ihre beiden Jungs so schnell zurückgekommen waren.

Und jetzt diese Einladung nach Trapholt?

Sie dachte an Siris Puppen.

Auch hier wurde kräftig an Fäden gezogen. Von allen Seiten. Weshalb hatte Jytte Laursen den Zwillingen persönlich geschrieben?

Nein, sie war keine Marionette.

Sie spürte, wie ein Entschluss in ihr reifte. Entschlossen lehnte sie sich auf dem Stuhl zurück und atmete tief durch.

Sie würde die Sache selbst in die Hand nehmen. Sie würde nach Trapholt fahren und sich ein Bild von Eriks Mutter machen. Das, was sie bisher von ihr wusste, beruhte größtenteils auf Hörensagen.

18.

„Störe ich?"

Gesa lugte durch ihre Gurkenmaske. Die Sonne ging auf! Høgs Tochter Lene. Immer wenn die Elfe, wie Max sie genannt hatte, einen Raum betrat, waren alle verzaubert, besonders die Männer. *Du bist eher eine Frau auf den zweiten Blick, Gesa,* hatte Max gescherzt, *aber dann gibt es kein Zurück.*

„Du kommst wie gerufen, Lene!"

„War das gerade Siri Mortensen, die zum kleinen Haus hinüberging? Sie hat mit mir geflirtet."

„Ich hatte noch nie von ihr gehört."

„Sie kleidet Nordeuropas Adel ein! Liest du keine bunten Blätter?"

Inzwischen war Gesa aufgestanden, ging zum Waschbecken hinüber und entfernte die Gurken.

Lene deutete auf die Alufolien.

„Sie hat mir einen modischen Schnitt verpasst und zaubert mir ein paar graue Strähnen in meine blonden Haare, eine Art Granny-Style. Sie hilft mir im Kampf gegen Laursens Mutter. Ich glaube, Madame will die Zwillinge. Felix ist bei ihr Hellerup und auf einmal ganz begeistert."

„*Snedronningen?*"

„So nennt er sie nicht mehr. Und ich bin ihr noch nie begegnet. Was weiß ich schon von ihr?"

Verwundert sah die andere sie an.

„Madeleine Laursen will sich heute Nachmittag mit mir in Trapholt treffen, und Siri wird mich begleiten. Sie kennt sich dort besser aus als ich."

„Davon ist auszugehen", schmunzelte Lene. „Sie hat dort selbst vor kurzem ausgestellt. Kleider aus Papier."

Lene kniff die Augen zusammen und deutete auf den kleinen Bildschirm des iPads. Weshalb setzte sie nicht ihre Brille auf?

„Ist sie das? Sie hat eine gewisse Ähnlichkeit mit Audrey Hepburn, nicht wahr?"

„Mag sein. Für wie alt hältst du sie?"

„Vielleicht Mitte, höchstens Ende siebzig. Sie hat ein schönes Lächeln."

„Dann hat Siri wohl doch recht?"

Noch immer starrte Lene auf den Bildschirm. „Womit, Gesa?"

„Sie meint, Madeleine Lauren sei nie und nimmer siebenundachtzig. Sie mache sich um Jahre älter. Aus welchem Grund auch immer."

„Eitelkeit? *Seht, wie gut ich mich gehalten habe?* Weshalb sollte sie das tun, Gesa? Die meisten Frauen lassen lieber ein paar Jahre weg. Hat Felix dir die Videos geschickt?"

„Ich hatte ihn darum gebeten. Jan und er werden vor der Hochzeit nicht mehr nach Juelsminde kommen, die Party fällt aus."

„Da werden die Kinder enttäuscht sein. Doch was solls, im kleinen Haus wäre ja ohnehin kein Platz gewesen. Dann grillen wir eben bei uns im Garten. Weshalb bittest du Felix nicht darum, einmal in den Papieren der *Schneekönigin* nach ihrem Alter zu sehen?"

„Der Auftrag ist bereits erteilt."

Nun lächelten sie beide.

„Da ist noch etwas anderes, Gesa. Ich hätte einen Interessenten für euer kleines Haus. In dieser Lage, direkt am Meer und nah am Hafen, ist das kein Problem. Er hat einen guten Preis geboten. Ihr wollt doch noch verkaufen."

„Ich hätte mich noch heute Vormittag bei dir gemeldet. Heinrich und Theresa wollen das Haus nun doch behalten. Es tut mir leid, dass du dir die Mühe gemacht hast."

Lene runzelte die Stirn. „Du hattest angedeutet, dass du es dir nicht mehr leisten könntest, die Kosten für zwei Sommerhäuser mitzutragen."

„Ja, Lene, seit Max' Tod ist es finanziell enger geworden." Zumal sie den größten Teil ihres Erbes in den Umbau der Buchhandlung und in ihre Alterssicherung gesteckt hatte. In Deutschland gab es anders als in Dänemark keine *folkepension*[6].

„Zum Glück ist für die Kinder gut gesorgt. Heinrich hat sich angeboten, meine Kosten für die Häuser zu übernehmen. Du weißt, er arbeitet für Statoil."

„Das nenne ich Familienzusammenhalt. Auch wenn ich die Provision gerne mitgenommen hätte. Es stehen viele Häuser zum Verkauf an, vor allem außerhalb Juelsmindes. Das sind die reinsten Ladenhüter." Lene sah nachdenklich auf ihre Uhr. „Die jungen Leute

---

[6] dän.: Volksrente

zieht es nach Århus und Kopenhagen. Ich helfe dir noch kurz mit den Haaren, dann muss ich los, ich habe noch einige Besichtigungstermine in einem Neubauprojekt in Horsens."

Lene war schon auf dem Weg nach draußen, da drehte sie sich noch einmal um.

„Fast hätte ich das Wichtigste vergessen. Ich möchte dich einladen zu Vaters siebzigstem Geburtstag. Im *Kystpavillon*, Donnerstag um 18 Uhr. *Middag*. Dein Freund Mads Sørensen wird auch dabei sein."

„Woher kennst du Mads Sørensen?"

„Dein Vater -"

„Sag nichts, ich kann mir denken, wie das gelaufen ist. Donnerstagabend?"

„Ich weiß, Gesa, dann feiern andere eine Hochzeit!"

19.

Sie standen im Garten des Museums und genossen die Aussicht auf den Kolding Fjord. Der Ehrung der Leihgeber war vorbei und das Büffet eröffnet. Die Mäzenatin Madeleine Laursen war schon wieder abgereist.

„Du hast mich gefragt, Siri, wonach ich mich sehne. Einmal wieder glücklich zu zweit aufs Meer und den Horizont zu schauen. An diesen langen, lauen Abenden im Sommer. Ja, danach sehne ich mich!"

„Hoffentlich nicht mit diesem nordischen Schönling, der heute Mittag zu dir wollte."

Mads Sørensen!

„Wann?"

„Als ihr die Farbe ausgespült habt."

„Was hast du ihm gesagt?"

„Nichts weiter. Er ist beleidigt abgezogen und wird so schnell nicht wiederkommen."

Sie hatte Mads so einfach abgewiesen?

Was maßte Siri Mortensen sich an?

Sobald das hier vorbei war, würde sie sich bei ihm melden.

Ohnehin hatte sie sich schon gefragt, weshalb diese Dänin ihre kostbare Zeit darauf verwendete, ihr, einer Fremden, in einer Familienangelegenheit zu helfen.

Hatte sie der Frau die falschen Signale gesendet?

„Was willst du von mir, Siri?"

Nur einmal, als ihr übel geworden war, hatte die andere sie in ihren Armen gehalten. Und dann das Doppel-Himmelbett in Heinrichs kleinem Haus?

„Du kannst unmöglich glauben, dass ich mich von heut auf morgen umorientiere und auf einmal Frauen liebe."

Siri lachte. „Ich bin verheiratet!"

Das hatte nichts zu sagen.

„Weshalb hast du Mads Sørensen weggeschickt? Mir liegt an ihm!"

Noch bevor sie in ihr Sommerhaus zurückfuhr, würde sie bei ihm vorbeischauen, in seinem schwarzen Haus am Hafen. Hoffentlich hatte Siri ihn nicht ganz verschreckt. Zuzutrauen wäre es ihr.

„Da gibt es bessere Männer für dich, Gesa, als diesen Handballer."

Sie kannte ihn?

„Er passt nicht zu dir! Du gehörst zu einem Diploma-ten oder einem Künstler, einem gebildeten Menschen wie dem Vater deiner Zwillinge. Du bist nicht so dominant wie Jytte. Sie ist mir einige Male begegnet. Eine erfolgreiche Frau und Unternehmerin, das muss ich eingestehen."

Worauf wollte die andere hinaus?

„Ich habe sie gehasst", gestand Gesa ein. „Aber das ist lange her."

Nun grinste Siri. „Respekt, dass du dieser taffen Frau den Mann ausgespannt hast."

„Er hat sich nie *ausspannen* lassen. Ich habe für ihn gearbeitet, es war zu der Zeit, als Jytte ihr Möbelimperium aufbaute. Er fühlte sich vernachlässigt und hat sich mit mir getröstet. So einfach, so banal war das."

„Mit deiner klugen und zugleich verträumten Art wärst du eine wunderbare Frau an seiner Seite gewesen. Er hätte dir vermutlich alle Freiheiten gelassen."

„Du stößt ins Horn von Madeleine Laursen? Fast das gleiche hat sie zu mir gesagt. Was mischt du dich da ein!"

„Wo sie recht hat, hat sie recht. Aber nun ist er endgültig vergeben!"

Gesa schluckte und senkte den Blick.

Da griff die andere ihre Hand.

„Sieh mich an, Gesa! Du liebst ihn doch nicht immer noch?"

Was ging das die Fremde an?

Noch ließ die Dänin ihre Hand nicht los.

„Ich muss es wissen, Gesa!" Nun war die Künstlerin ganz aufgebracht. „Sieh mir in die Augen!"

So aufgewühlt hatte sie die Frau noch nie erlebt.

„Das mit Laursen ist schon lange her. Vielleicht ein klitzekleiner Rest."

Doch noch schien das Verhör nicht ganz beendet, denn immer noch sah ihr die andere fest in die Augen.

„Hast du schon mit Mads Sørensen geschlafen?"

Das wurde ja immer seltsamer. Dabei waren die Engländer und auch die Dänen dafür bekannt, dass sie

Fragen, die zu sehr ins Private gingen, gemeinhin mieden.

„Ist da etwas zwischen dir und Mads gelaufen?"

Wenn nicht für sich, für wen dann kämpfte Siri so verbissen?

„Wenn es dich glücklich macht, Siri, nein, ich habe nicht mit ihm geschlafen."

Ich begehre dich. Sie schmunzelte in sich hinein. Vielleicht würden sie es gleich heute Abend tun! Er war so fordernd gewesen in Palsgaard.

„Gott sei Dank!", entfuhr es der anderen. Und nun entspannte sich auch deren Miene.

„Weißt du etwas über Mads, was ich wissen müsste?"

„Nein, Gesa, es ist alles in Ordnung." Jetzt senkte die Künstlerin den Kopf. „Entschuldige, dass ich so indiskret gewesen bin."

20.

Zufrieden deutete Siri auf einen der freien Tische vor der Cafeteria. „Bevor wir weiter über Madeleine Laursen reden, lass uns einen Platz hier draußen sichern, dort unter diesem Sonnenschirm."

Nun gab sich die Frau wieder ganz gelassen.

„Hast du bemerkt, wie ihr Gesicht sich zu einer Fratze verzerrte, als wir gemeinsam das Parkett betraten?"

„Sie hatte unser Spiel sofort durchschaut. Sie hat es mit Humor genommen, Siri, und war mir sympathischer, als ich wollte. Sie hat mich eingeladen zu sich nach Hellerup und sich dafür entschuldigt, dass sie bisher so reserviert gewesen sei."

„Reserviert?"

„Teils aus Dünkel, teils aus Rücksicht auf ihren Mann habe sie lange Zeit jeglichen Kontakt zu mir und meinen Kindern abgelehnt. Sie hat auch keinen Hehl daraus gemacht, dass Jytte und sie sich nicht mögen."

Siri zog die Stirn in Falten.

„Ihr verstorbener Mann Frederik Laursen war also nicht nur Reeder, sondern auch Minister. Und du hast bis heute nicht gewusst, dass sein Bruder Leif Laursen während der Besatzung Dänemarks als Widerstandskämpfer von den Deutschen ermordet wurde?"

„Ja, Siri, es wundert mich, dass Erik mir nie von diesem Onkel erzählt hat."

„Das ist ein Mann, auf den jede dänische Familie stolz wäre. Ein Held!"

„Vielleicht hat es mit der dunklen Vergangenheit meines Landes zu tun, und Erik wollte mich nicht beschämen, schließlich bin ich Deutsche."

„Das mit den Nazis ist schon lange her, du trägst keine Schuld daran."

Das sahen nicht alle Dänen so.

So ganz entspannt wie unter guten Freunden war das Verhältnis zwischen ihnen und den Deutschen nicht. Sie dachte an das *Besættelsesmuseet*[7] in Århus. Und an die Flüchtlingskrise.

---

[7] Museum der deutschen Besatzung in Århus 1940-45

Mads und Siri schienen keine Berührungsängste zu haben. Mads kam aus einer Gegend, die früher einmal deutsch gewesen war. Und Siri lebte schon lange im Ausland.

Høg war ein typischer Däne. Auch er ging ganz entspannt mit Deutschen um. Und seine Tochter Lene ebenfalls.

„Entweder hat Madame dir einen Bären aufgebunden, oder es stimmt etwas nicht mit diesem Onkel. Da könnten meine Londoner Anwälte ansetzen. Sie verfügen über gute Kontakte, das habe ich während der Vertragsverhandlungen mit dem Emirat erfahren."

Gesa horchte auf. „Was hat das mit Madeleine zu tun?"

„Mir liegt an dir. Lass mich nur machen!"

Hochkarätige Londoner Anwälte? Eine Ausstellung im Kunstmuseum Trapholt? Ein Auftrag aus den Emiraten?

Auch sie hatte einmal hineingeschnuppert in diese internationale Welt. Damals, als sie noch für Erik Laursen und die NATO gearbeitet hatte. Viel zu spät hatte sie erkannt, dass sie in diesem Spiel nur eine Marionette war. An den Fäden hatten andere gezogen.

Sie dachte an die Puppen und das Gestell in ihrem Schuppen. Ein Grinsen fuhr ihr über das Gesicht. Da könnte sie sich ja gleich zwischen Siris Marionetten hängen und mit ihnen nach Oman fliegen, in die Nähe von Mads` Frau!

Und schon war ihr das Lachen vergangen.

„Ich danke dir, dass du mich begleitet hast, Siri, aber das andere muss ich allein klären", sagte sie und erhob die Stimme. „Es ist eine reine Familienangelegenheit. Ich möchte nicht, dass du deine Londoner Anwälte damit betraust! Ich glaube, Eriks Mutter ist harmloser, als ich befürchtet hatte."

Verwundert sah die andere sie an.

„Soll ich trotzdem weitererzählen?"

„Natürlich, Gesa, die Dame interessiert mich."

„Madeleine behauptet, sie hätte es begrüßt, wenn Erik und ich nach dem Tod ihres Mannes zusammengekommen wären. Doch da sei ich bereits mit Max verheiratet gewesen und Erik mit der schwedischen UN-Diplomatin."

„Um die Zwillinge hätte sie sich kümmern können."

„Ihr Tochter Lone war dagegen, sie fürchtete wohl um ihr Erbe."

„Glaubst du das?"

„Lone Laursen, Eriks Schwester, hat Hellerup und auch die Spedition verlassen und ist mit ihrem ganzen Knowhow zu Møller übergelaufen. Nun lebt Madeleine allein mit zwei Bediensteten in ihrem großen Haus. Inzwischen hat sie mitbekommen, wie klug und clever meine Söhne sind, und möchte sie für ihre Spedition gewinnen. Sie hat vorgeschlagen, dass Jan und Felix in Kopenhagen studieren und bei ihr wohnen. Sie will ihnen bereits jetzt ein größeres Aktienpaket übertragen. Auch ich sei jederzeit in Hellerup willkommen." Gesa hielt kurz inne. „Das mit dem Studium in Kopenhagen käme mir entgegen, du weißt schon, wegen Jan."

Entgeistert schüttelte Siri den Kopf.

„Hat sie nun auch noch dich bezirzt? Von Kunst versteht sie etwas. Ihr kleiner Vortrag über Kunst im öffentlichen Raum war brillant. Aber da liegt etwas in ihren Augen, was da nicht hingehört. Ich kenne viele Ladys aus der Upperclass, glaub mir, die hier ist anders. Die hat mehr zu verbergen als nur ihr Alter! Hast du dich getraut, danach zu fragen?"

„Das erschien mir zu unhöflich."

Ihre Freundin runzelte die Stirn. „Viel schlauer, was Madame betrifft, sind wir jetzt nicht."

„Mag sein. Aber nun, da ich ihr persönlich begegnet bin, kann ich mir ein besseres Bild machen."

„Hoffentlich, Gesa."

Die andere war nicht dabei gewesen, als Eriks Mutter mit ihr geredet hatte.

Es ging sie auch nichts an.

21.

Ja, sie würde bei Mads vorbeischauen. Und vielleicht könnten sie sogar noch ein Glas Wein im Hafen trinken.

Es war erst kurz nach sechs.

Dreiundzwanzig Grad.

So warm war es hier seit Wochen nicht gewesen, und anders als in Barkenstedt stand das Getreide noch auf dem Halm, weder Sommergerste noch Weizen waren abgeerntet.

Verglichen mit den Ferienwochenenden war wenig los auf der längsten Straße Europas, der E 45, die von Finnland bis Sizilien reichte. Auch die Nordmänner waren auf Sizilien gewesen und hatten sogar die Könige gestellt. Vor langer, langer Zeit.

Bei diesem geringen Verkehrsaufkommen würde sie nur eine knappe Stunde brauchen bis Juelsminde. Siri war schon auf dem Weg nach Odense zu ihren Puppen und den Fotografen.

Sie freute sich auf Mads. Immer noch trug sie die Hose der Künstlerin und das zarte Seidenjäckchen. Ob ihm ihr neuer Stil gefallen würde? Noch einmal sah sie in den Spiegel. Die Haare lagen wunderbar!

„Nimm es als kleine Aufmerksamkeit des Hauses", hatte die Dänin zum Abschied gesagt. „Die Hose würde mir ohnehin nicht mehr passen, da ich sie ein Stückchen abgeschnitten habe. Die Sachen sind zeitlos, und du kannst sie zu vielen Gelegenheiten tragen." Zu Høgs siebzigsten Geburtstag. An der Seite des Handballers Mads Sørensen?

Sie strich noch einmal über die edel gewirkten Stoffe.

Oder zu einer Hochzeit in Århus?

So ganz wohl war ihr immer noch nicht bei dem Gedanken an dieses Fest. Es könnte alles Mögliche passieren.

Erik und Jytte hatten drei Töchter, acht Enkelkinder und sogar schon einen Urenkel. Das war eine fremde Familie. Und Jytte mochte Jan und Felix nicht.

Siri Mortensen blieb ihr ein Rätsel. „Das kleine Haus habe ich bis einschließlich Samstag gemietet. Es wäre mir lieb, wenn ihr es noch solange entbehren könntet", hatte die Künstlerin zum Abschied gesagt und sie dabei eindringlich angesehen. „Vielleicht wird es noch einmal gebraucht." Und dann hatte die andere sie in ihre langen, schlanken Arme genommen. „Meine liebe Freundin. Du weißt gar nicht, wie viel Freude du mir bereitet hast. Und wie viel Freude du uns vielleicht noch bereiten wirst." Wieder hatte sie in Rätseln gesprochen. „Ich habe noch ein Geschenk für dich. Es liegt im kleinen Haus auf der Couch und ist sehr empfindlich. Behandle es vorsichtig und mit ganz viel Liebe. Ich melde mich."

Es hieß, die meisten Künstler seien etwas verrückt. Und diese gehörte offensichtlich auch dazu.
Und dann hatte sie sie noch gebeten, sich um ihre Katze zu kümmern.

Im Radio lief Chopin. Dabei ließ es sich gut fahren und sogar ein bisschen träumen.
Für die Zwillinge hatte sie im Museums-Shop zwei Miniatur-Stühle gekauft, nach Arne Jacobsen, ein etwas kostspieliges Präsent. Die beiden sammelten solche Dinge, vermutlich wollten sie ihren Vater damit beeindrucken.
Nach Max' Tod hatten sie einiges darangesetzt, sie und Erik doch noch zusammenzubringen.
Der letzte Versuch vor anderthalb Jahren war kläglich gescheitert.
Sie musste schmunzeln. Dabei hatten die beiden weder Kosten noch Mühen gescheut und vier Karten für Mozarts *Zauberflöte* in der neuen Königlichen Oper von Kopenhagen besorgt, inklusive ein Dreibettzimmer in einem Jugendhotel am Bahnhof.
Es war eine ungewöhnlich kurzweile Inszenierung gewesen. Deutsch mit dänischen Untertiteln. Auch Jan und Felix waren begeistert gewesen, vor allem von den im Libretto nicht vorgesehenen spaßigen Einlassungen des Papageno und der spektakulären Architektur des Hauses, entworfen von Hennig Larsen.
Der Reeder Mœrsk Mc-Kinney Møller, der wie Eriks Vater aus Hellerup stammte, hatte den Dänen dieses Opernhaus geschenkt und dafür viel Spott einstecken müssen. *Møllers Mausoleum* hatten sie es genannt, auch

wohl deshalb, weil der reichste Mann dieses durch und durch demokratischen Landes alles ganz allein entschieden hatte.

Es war ein schöner Abend gewesen, doch gleich nach der Vorstellung hatte Erik ihnen mitgeteilt, dass er und Jytte es noch einmal miteinander versuchen würden.

Und nun war die Wahl der Zwillinge auf Mads Sørensen gefallen.

Was Siri ihm wohl erzählt haben mochte?

So schlimm würde es schon nicht sein. Was wusste die Frau schon über sie? Und Mads war hart im Nehmen. Sonst hätte er als Trainer nicht so lange durchgehalten.

Inzwischen waren er und Emma bestimmt schon mit den Kindern aus dem *Legoland* zurück.

Ob Mads sich wohl für Oper interessierte?

Hellerup. Das Bild, das Liv und Eriks Tochter ihr von Madeleine gezeichnet hatten, war wohl etwas einseitig gewesen. Vermutlich ging es auch ihnen ums Erbe.

Ein Familienzwist?

Da würde sie sich nicht mit hineinziehen lassen. Und nun, da sie wusste, dass Eriks Onkel von den Nazis ermordet worden war, konnte sie auch verstehen, weshalb der Laurssen-Clan zunächst nicht gut auf sie und ihre Söhne zu sprechen gewesen war.

Die beiden würden es schon packen auf der Hochzeit.

Noch einmal ließ sie sich ihr Gespräch mit Madeleine Laursen durch den Kopf gehen.

Sie waren im Garten spazieren gegangen, und die Frau hatte ihr das Kubus-Sommerhaus von Arne Jacobsen gezeigt. Sie war ganz anders gewesen als während ihres

Vortrags in der Galerie, viel offener und warmherziger, und über Eriks Hochzeit, geschweige denn über Jytte, hatte sie kein Wort verloren.

Sie habe es sich mit vielen verdorben, hatte Madeleine Laursen unumwunden eingestanden. Nur Erik besuche sie noch regelmäßig. Und in letzter Zeit seien auch manchmal die Zwillinge bei ihr in Hellerup gewesen. Das sei bisher hinter Gesas Rücken geschehen, und dafür wolle sie sich entschuldigen. Sie wisse, wie Mütter fühlen. In Gedanken versunken hatte die alte Dame eine Weile auf den Fjord geschaut. Und dann hatte sie ihr anvertraut, dass sie ihren jüngsten Sohn verloren habe. „Er war erst drei, als er in einem Rosenteich ertrunken ist", hatte sie leise gesagt. Darüber sei sie nie hinweggekommen. Nun wolle sie nicht auch noch Jan und Felix, diese beiden aufgeweckten Enkel, die ihr inzwischen ans Herz gewachsen seien, verlieren.

„Die Zwillinge sind volljährig", hatte Gesa ihr schließlich geantwortet. Die tiefe Einsamkeit in den Augen dieser Frau war ihr nicht verborgen geblieben. „Ich werde die beiden nicht daran hindern können und auch nicht mehr hindern wollen, ihre Großmutter in Hellerup zu besuchen."

Da hatte die Frau den Kopf gesenkt, ihre Hand genommen und sie ganz fest gedrückt. „Ich danke Ihnen, Gesa."

In Eriks Familie gab es anscheinend einige Geheimnisse, die gut gehütet wurden.

Sie würde nicht weiter daran rütteln. Mit diesen alten Geschichten hatten ihre Söhne nichts zu tun.

Vejlefjordbroen. Einen kurzen Blick konnte sie erhaschen auf *Bølgen*, das neue Wahrzeichen der Stadt. Die Welle. Ein weiteres Werk von Hennig Larsen Architects.

Lene Høg, die ihr Geld als Wohnungsmaklerin verdiente, hatte ihre eigenen Kinder und die Zwillinge im letzten Sommer einmal zu einem Besichtigungstermin mitgenommen, und danach hatten Jan und Felix sogar mit dem Gedanken gespielt, Architektur zu studieren.

Nun würden es Jura, Physik und Volkswirtschaft werden. Ein unmögliches Unterfangen. „Sie werden bald erkennen, Gesa, dass diese Mischung ungesund ist", hatte Erik sie zu trösten versucht.

Jetzt befand sie sich bereits auf der Route von Vejle nach Horsens.

Noch ein kleines Stück an *Bilka* vorbei, und schon ging es direkt nach Juelsminde.

In der Nähe von Daugård gab es einen kleinen Parkplatz, von dort aus würde sie Mads anrufen.

22.

Der Parkplatz war leer. Keine Lastwagenfahrer oder Kuriere.

Sie stieg aus und holte sich noch eine Flasche Wasser aus dem Kofferraum. Die *rejer*[8] *og laks* von Trapholt wollten schwimmen.

Das Smartphone zeigte immer noch zweiundzwanzig Grad.

Sie sah in den Himmel, die Sonne schien.

Und dann wählte sie nicht Mads' Nummer, sondern die ihres Vaters.

„Störe ich?"

„Du störst nie", sagte er. „Die Kartenspieler kommen erst gegen halb acht. Natalias Schnittchen stehen im Kühlschrank und der Steinhäger auch", lachte er. „Wir können sogar draußen sitzen, so mild ist es."

„Hier ist das Wetter auch sehr schön, über zwanzig Grad. Ich freue mich, dass du in unserer Buchhandlung lesen wirst, Vater."

„Das hast du mir bereits gemailt. Und ich werde auch die Schauerballade lesen, Gesa. Also, wat is?"

„Hast du das mit Jan und Jördis gewusst, Vater?"

---

[8] dän: Krabben

„Ich vermute, die beiden hatten sich schon entschieden, bevor er nach Island gereist ist", gab er, ohne zu zögern, zurück. „Schon im letzten Herbst hat er etwas angedeutet. Ich habe abgeraten und ihm empfohlen, sich nicht die Zukunft zu verbauen."

Endlich hatte sie einen Verbündeten gefunden!

„Wie hat er darauf reagiert? Du weißt, mit mir redet er nicht über solche Dinge."

Nun atmete ihr Vater schwer.

„Du kennst deinen Sohn. Er hat auf die Ehe meiner Eltern verwiesen. Die haben tatsächlich sehr jung geheiratet."

„Und sie waren glücklich miteinander."

Bis zuletzt?

„Jung gefreit, nie gereut? Ja, so etwas gibt es, Gesa, aber ich glaube nicht, dass es gutgehen wird mit Jan und Jördis. Die Zeiten haben sich geändert. Und vor allem sorge ich mich um Felix. Die beiden haben bereits so viel mitgemacht, sie sind noch nicht so weit, sich jetzt schon zu trennen."

„Das sehe ich ähnlich! Was schlägt du vor?"

„Was sagt Laursen dazu?"

„Das kannst du dir doch denken. Er hat selbst so jung geheiratet."

Da war es für einen Moment still am anderen Ende der Leitung.

„Vielleicht müssen wir uns damit abfinden", kam es nachdenklich zurück. „Wenn wir ihn nicht ganz verlieren wollen an den Laursen-Clan."

Auch für die Zwillinge war Johann Jakobsen all die Jahre wie ein Vater gewesen, nicht erst, seitdem sie und ihre Kinder zu ihm ins große Haus gezogen waren.

„Einfach abwarten, Vater?"

„Weihnachten mache ich mir selbst ein Bild von Jördis' isländischer Familie, das verspreche ich dir, Gesa. Und danach sehen wir weiter. So schnell geben auch wir Jakobsens nicht auf. Da kann noch viel passieren."

Sie spürte seine Zuversicht, doch die Wehmut dahinter blieb ihr nicht verborgen. Seine beiden Söhne waren in die Welt hinausgegangen. Der eine suchte nach Öl und Gas für ein Unternehmen aus Stavanger, der andere arbeitete als Koch auf einem Kreuzfahrtschiff im Mittelmeer.

„Ich werde auch häufiger mal zu Heinrich nach Norwegen fliegen", fuhr er fort. „Das habe ich mir fest vorgenommen. Noch bin ich nicht zu alt dafür."

Noch war er rüstig. Hoffentlich noch lange.

„Und du, Gesa? Wirst du noch einmal auf Abenteuer gehen?"

„Da kann ich dich beruhigen, Vater. Meine Lehr- und Wanderjahre sind vorbei. Ich habe meinen Platz in Barkenstedt."

Und dann war da noch etwas, was ihr auf dem Herzen lag.

Er schien etwas zu ahnen. „Man tau, Gesa, man tau!", versuchte er ihr Mut zu machen.

Noch einmal holte sie tief Luft.

„Weest du, dat Mads Sørensen en fro hett, in'n Iran?", fragte sie und hielt den Atem an.

Und wieder Schweigen am anderen Ende der Leitung.

Sie erinnerte sich an seine strengen moralischen Grundsätze. *Denk an das sechste Gebot, Gesa, Laursen ist verheiratet,* hatte er sie einmal zurechtgewiesen. Das war zu der Zeit gewesen, als sie sich noch als Opfer des Dänen empfunden hatte.

Darüber hatten sie später nie wieder gesprochen.

„Hat er dir erzählt, dass er zum Islam konvertiert ist?"

„Das war doch nur pro forma, Gesa, sonst hätten sie seine Frau bestraft", meldete er sich nun doch zurück.

„Du bist fünfzig."

„Dreiundfünfzig, Vater.

„Ein Mann, der zu dir passt, wird auch in diesem Alter sein. Und wenn es ein richtiger Mann ist, dann ist er entweder verheiratet oder geschieden oder hat zumindest eine Familiengeschichte hinter sich, mit allem was dazu gehört. Du willst doch keinen wie Möhlen-Franz, der noch mit sechzig bei der Mutter wohnt."

„Das weiß ich doch alles."

„Was ist es dann?"

„Ich weiß nicht, ob ich dieses ganze Patch-Work-Theater noch einmal möchte! Mads hat zwei junge Kinder, Vater, darunter eine Tochter, die erst noch in die Pubertät kommt." Sie zögerte. „Und ich weiß auch nicht, ob ich für ihn meine Freiheit opfern will."

„Freiheit, Gesa? Oder Angst? Das mit Laursen liegt schon so lang zurück! Und Mads Sørensen wird nicht von dir verlangen, dass du dein Geschäft in Barkenstedt aufgibst. Er sucht schon lange einen sicheren Hafen. Die Tweeschen[9] und Jakob mögen ihn. Auch ich verstehe mich gut mit ihm. Du musst ihn ja nicht

---

[9] nd: Zwillinge

heiraten. Kinder kannst du ohnehin nicht mehr bekommen."

„Danke!"

„Du hast drei Kinder und er zwei. Glaub mir, die meisten Männer um die Fünfzig haben anderes im Kopf, als noch einmal ein Baby großzuziehen. Du bist eine attraktive, erfahrene Frau, Gesa. Er war einsam in Teheran. Die Frau und ihre Familie haben ihn aufgefangen."

„Da hat er dir mehr erzählt als mir."

Weshalb wollte ihr Vater sie unbedingt mit diesem Mann zusammenbringen?

„Er ähnelt Max."

Was war nur in ihn gefahren?

„Als Mutter noch lebte, hast du anders geredet."

„Sie ist schon fast so lange tot wie Max." Er schien zu überlegen. „Bei Laursen bist du nur deinem Gefühl gefolgt, und es ist dir nicht gut bekommen. Leider hat mir deine Mutter damals nicht rechtzeitig davon erzählt."

„Hättest du dich da wirklich eingemischt?"

„Damals war auch ich ein leiser Vater und viel zu selten zu Hause. Und als Politiker hatte ich mich stark gemacht für ein liberales Scheidungsgesetz. Ohne Schuldprinzip. Aber was ist daraus geworden? Die Scheidungszahlen explodieren, und hinterher stehen alle dumm da. Besonders die Kinder. Auch Mads ist seinem Gefühl gefolgt, und es ist ihm nicht bekommen."

„Eine verfahrene Situation, Vater."

„Vielleicht sollten die Eltern wieder mehr Mut aufbringen und ein Wörtchen mitreden bei der Partnerwahl ihrer Kinder. Bevor es die Algorithmen[10] tun."

Als junge Frau hätte sie darauf mit Protest reagiert.

Und heute? Wollte sie sich vorschreiben lassen, mit wem sie zusammenlebte?

Und nun hatte Jan sie vor vollendete Tatsachen gestellt!

Nein, noch war nicht das letzte Wort gesprochen.

„Ich lege tatsächlich Wert auf deinen Rat."

„Du musst ihn ja nicht befolgen", lachte er. „Ich werde weiterhin mit Mads Kontakt halten. Auch du könntest jemanden brauchen, an den du dein Herz hängen kannst."

„Ich glaube, das ist noch zu früh."

„Wer jetzt kein Haus hat, baut sich keines mehr. Wer jetzt allein ist, wird es lange bleiben."[11]

„Noch haben wir Sommer, Vater."

Er hielt einen Moment inne.

„Damit du Bescheid weißt, Gesa: Ich fahre nicht nur wegen der guten Luft so oft nach Cuxhaven!"

Hatte sie es doch geahnt!

„Ich glaube, es klingelt." Er schien den Hörer von sich zu halten. „Noch einen schönen Abend."

Das war doch nicht möglich! *Nicht nur wegen der guten Luft?* Ihr Vater hatte eine Bekanntschaft gemacht!

„Dir auch einen schönen Abend", konnte sie gerade noch hervorbringen.

---

[10] Computerprogramme
[11] Rainer Maria Rilke: *Herbsttag*

„Töv[12] maal!"

Hatte er sich doch noch eines anderen besonnen?

„Mads Sørensen hett me dat verklort."

„Was hat er dir erklärt?"

„Es war ein Gespräch unter Männern. Wir hatten beide etwas getrunken. Er ist ein feiner Kerl."

Sie atmete schwer. „Und?"

„Bei Männern ist das etwas anderes, du weißt, was ich meine?"

Sie konnte es sich fast zusammenreimen.

„Ich verstehe", gab sie vor. „Und Cuxhaven?"

„Mads Sørensen ist nicht nur ein guter Taktiker", wich ihr Vater aus. „Er ist inzwischen auch ein ausgezeichneter Stratege. Der denkt längerfristiger. Du solltest ihn nicht unterschätzen!"

Jetzt klingelte es wirklich an der Haustür.

„Es gibt nicht immer glatte Lösungen, Gesa. Und über Cuxhaven reden wir, wenn du zurück bist. Du bist die erste, der ich von ihr erzählt habe."

Ihr Vater hatte eine Bekanntschaft gemacht!

Das musste sie es erst einmal sacken lassen.

„Keine Angst, Gesa. Auch ich werde in Barkenstedt bleiben. Schließlich ist unsere Familie hier seit über vierhundert Jahren zu Hause. Das gibt man nicht so einfach auf. Aber es wird sich einiges ändern."

Ja, da würde sich einiges ändern.

---

[12] nd: warte

23.

„Hallo Mads! Ich wollte mich für die schöne Fuchsie bedanken. Hast du Lust, ein Glas Wein mit mir zu trinken? In zehn Minuten *På Havnen?*"[13]
„Ich dachte, du seist beschäftigt?"
Oh je! Das hatte gar nicht gut geklungen. Da hatte Siri ganze Arbeit geleistet.
„Ich komme gerade aus Kolding zurück. Ich war in Trapholt im Museum. Was ist? Hast du Zeit?"
„Wie lange?"
Seltsame Frage.
„Vielleicht ein Stündchen? Bis es dunkel wird? Oder haben die Kinder dich geärgert?"
Er zögerte.
Dann räusperte er sich. „Eine Stunde. *På havet.*[14] Das ginge. So komme ich noch einmal an die Luft. Ich will dann Olympia gucken. Um zehn beginnt das Viertelfinale im Frauenhandball. Schweden gegen Norwegen."
„Dann bis gleich."
Hoffentlich hatte Siri jetzt nicht alles zerstört!

---

[13] dän.: „Am Hafen", Name eines Restaurants
[14] dän.: am Meer

Was er nicht wusste, war, dass sie vor einer Viertelstunde bereits bei ihm vorbeigeschaut hatte. Fast alle in seiner Straße hatten draußen vor ihren Häusern gesessen, nur er und auch sein Nachbar nicht.

Sie war ums Haus herumgegangen, die Terrassentür auf der anderen Seite war nur angelehnt gewesen, und da hatte er gehockt, mit dem Rücken zum Fenster, die Musik so laut, dass es aus den Kopfhörern dröhnte, und eine Miniflasche Aquavit vor sich auf dem Tisch. Auf dem großen Bildschirm lief ein YouTube-Video mit hämmernder Techno-Musik. Als müsste er sich betäuben.

Jeg vil have dig. Am liebsten hätte sie ihn in die Arme genommen.

Und draußen schien die Sonne.

Ihn in dieser Stimmung zu stören, das hatte sie sich nicht getraut.

Es war nicht viel los *På Havnen.*

Das Abendessen war vorbei, und auf der Terrasse vor dem Jachthafen saßen nur noch einige Segler und eine Gruppe Norweger, die etwas zu feiern hatten und sich *øl*[15] *og akvavit* munden ließen.

Die Boote spiegelten das Licht, und die dänischen Flaggen, die die Stege säumten, steuerten ein heiteres Rot bei.

Mads Sørensen, der gleich um die Ecke wohnte, hatte bereits ein Glas Wein und ein Wasser für sie bestellt und für sich ein kleines dänisches Bier.

---

[15] dän.: Bier

Er stand sofort auf, als sie auf ihn zukam, und musterte sie, bevor er ihr den Stuhl zurechtrückte.

„Du hast dich verändert."

Sie freute sich, dass er es bemerkt hatte, und fuhr sich kurz durchs Haar.

„Gefällt es dir?"

„Das andere war sportlicher", meinte er mit einem Blick auf ihre roten Pumps. „Kann man damit Rad fahren?"

„Man kann!", gab sie lächelnd zurück.

„Die Hose und der Pullover wirkten sonst anders", brummelte er vor sich hin. „Nicht so mondän!"

Mondän?

Dabei hatte sie sich längst umgezogen.

Sie zündete sich eine Zigarette an, obwohl sein Blick ihr vermittelte, dass er es nicht mochte, dass sie rauchte. Bei seinen Handballfreunden in Barkenstedt störte es ihn nicht.

Seine Augen blinzelten besorgniserregend.

„Was hat sie dir erzählt?", ging sie zum Angriff über.

Er wandte die Augen ab und trank einen großen Schluck.

„Weshalb hast du mir nicht gesagt, dass es längst einen anderen Mann in deinem Leben gibt?"

Sie zog an ihrer Zigarette.

„Was genau hat sie dir erzählt?"

Er zögerte.

Immer noch konnte er ihr nicht in die Augen sehen.

„*Schlag dir Gesa aus dem Kopf,* hat sie gesagt."

„Was noch?"

Wieder entstand eine Pause.

Was mochte Siri ihm nur erzählt haben?

„Ihr Herz ist längst woanders vor Anker gegangen. Das andere möchte ich hier nicht wiedergeben. "

Wie musste er sich auch vorkommen. *Jeg vil have dig.*

Was mochte nur in Siri gefahren sein?

Jetzt trank auch sie einen großen Schluck von ihrem Wasser.

„Sie ist lesbisch!", sagte sie lauter als beabsichtigt, und die Norweger drehten sich zu ihnen um.

Mads sah sie ungläubig an.

„Dabei hat sie mir versichert, dass sie nichts von mir will! Entschuldige mich kurz, ich muss mal telefonieren."

24.

„Auf diesen Schreck hin habe ich noch ein Bier bestellt", sagte er, als sie sich wieder zu ihm setzte. Nun klang seine Stimme wieder anders. So wie eine Trainerstimme klingen musste. Und er lächelte sie an.

„Ich habe sie nicht erreicht, und heute wird das auch nichts mehr. Ich hatte vergessen, dass sie noch einen wichtigen Termin hat."

Im Hafenbecken vor ihnen suchte eine große Jacht nach einem Liegeplatz. Vermutlich hatte die urige Atmosphäre dieses kleinen Hafens den Skipper angelockt. Aber dieses Schiff würde hier nicht festmachen können.

„Die Blume ist wunderschön, Mads."

Da kam auch schon der Hafenmeister und gestikulierte wild. Wozu gab es die neue, große Marina gleich nebenan, dort waren genügend freie Plätze.

„Was wolltest du eigentlich von mir heute Mittag? Ich dachte, ihr fahrt ins *Legoland*?"

„Emmas Jüngste hatte Fieber, wir haben es auf übermorgen verschoben. Dann dürfte es noch nicht so überlaufen sein wie an den Wochenenden."

Nun bot er ihr eine ihrer Zigaretten an. Sie lehnte dankend ab.

„Du wirkst ganz zufrieden", stellte er fest.

„Ja, ich habe zwei sehr gute Nachrichten! Aus Barkenstedt. Mein Vater wird in meiner Buchhandlung lesen. Heute stand dazu nur eine kurze Notiz in der Zeitung - und schon gibt es die ersten Vorbestellungen."

„Er ist ein angesehener Mann, Gesa. Hat er seine Memoiren verfasst?"

„Nein, er wird Texte von Klaus Groth vortragen und erläutern. Den wirst du nicht kennen. Ein plattdeutscher Dichter aus dem 19. Jahrhundert!"

„De Slacht bi Hemmingstedt! 17. Februar 1500", sagte er.

Nun war es an ihr, überrascht zu sein.

„Nu wahr[16] di Garr[17], de Bur de kumt! He kumt mit Gott, den Herrn, vun Heben[18] fallt de Snee herauf, de Flot de stiggt

---

[16] nd: Nimm dich in acht!
[17] Schwarze Garde des Königs, Elitetruppe

vun nerrn[19]. Der Freiheitskampf der Dithmarscher gegen den dänischen König, Gesa."

Verblüfft sah sie ihn an.

„Du bist doch Däne? Oder fühlst du manchmal deutsch?"

„Durch und durch Däne." Er lehnte sich in seinem Stuhl zurück. „Nicht nur Klaus Groth, auch meine Großmutter väterlicherseits stammte aus Heide in Holstein. Das ist nicht weit von Sønderborg entfernt. Nur hundert Kilometer. Zum Glück verstehen sich die Dänen und die Deutschen inzwischen wieder besser. Abgesehen von ein paar kleinen Missverständnissen, nicht wahr?" Nun sah er zu den Booten hinüber. „Den Traum von einem großen Reich haben wir Dänen früh begraben müssen, viel früher als ihr, Gesa. Schweden ging schon im sechzehnten Jahrhundert an Gustav Vasa, Norwegen haben wir 1814 verloren und nach dem ersten Weltkrieg dann auch noch Island."

„Dafür habt ihr euch Nordschleswig einverleibt."

„Damit sind letztlich alle gut gefahren!" Nun zwinkerte er ihr endlich wieder zu. „Statt weiter in der Welt herumzuziehen, haben wir es uns gemütlich gemacht in unserem kleinen, *hyggelige land*. Bei Wohlstand, Kerzen und sozialen Leistungen. Deshalb sind wir wohl auch das zufriedenste Volk der Welt. *Danskerne hygger sig*. Und das soll auch so bleiben. Das lassen wir uns nicht von anderen kaputtmachen."

Sie schluckte.

---

[18] nd: Himmel
[19] nd: unten

„Muss ich dir von den Düppeler Schanzen erzählen, Gesa. 1864?"

Was sollte das werden, ein Geschichtsseminar? Doch schon kam er zum Thema zurück.

„Wann ist die Lesung?"

„Ende September."

„Dann habe ich kurz an der Uni in Oldenburg zu tun. Masterstudiengänge Sport. Das müsste passen. Darauf lass uns anstoßen."

Oldenburg? Das war nicht weit von Barkenstedt. Auch dort könnte er unterrichten?

Sie spürte, wie sie entspannte. „Außerdem hat mir meine Mitarbeiterin gerade mitgeteilt, dass im November eine schwedische Krimiautorin bei uns in der Buchhandlung sein wird. Eine ganz große Nummer! Auch darauf lass uns anstoßen, Mads Sørensen!"

„Das freut mich für euch. Kenne ich sie?"

Sie nahm ihr Smartphone und zeigte ihm die Materialien, die Frau Weiß ihr zugeschickt hatte.

„Ich glaube, meine Schwester ist ein Fan von ihr. Es geht um Inselmorde, nicht wahr?", sagte er und fuhr sich mit der Hand durchs Haar.

„Und du?"

„Tut mir leid, ich bevorzuge Krimis von Männern. Ian Rankin, Jussi Adler-Olsen und vor allem Jo Nesbø."

„Harry Hole? Der Antiheld und Anarchist?" Sie sah auf sein hellgrünes Poloshirt, das er schon in Palsgaard getragen hatte. Frisch gewaschen und gebügelt. Nesbø und harter Techno. Musik wie sie Soldaten hörten in Afghanistan? Ein verkappter Abenteurer? Das hatte er bisher gut getarnt. Abgesehen vom Iran.

„Und in letzter Zeit vor allem Paul Farkas, kennst du ihn?"

Paul Farkas? Pavel Klimas Bücher?

„Sein Kommissar gefällt mir", versuchte sie möglichst ruhig zu sprechen. „Mit seiner Chefin habe ich Probleme."

„Ich mag auch die Kommissarin." Er räusperte sich. „Manchmal erinnert sie sogar etwas an dich. Besonders wenn die zwei allein zusammen sind." Nun sah er ihr direkt in die Augen, und dann schaute er auf ihre rechte Brust. „Ich glaube nicht, dass er sie liebt, ich glaube, er schläft nur gern mit ihr."

„Das sehe ich ganz anders", sagte sie. Hastig griff sie nach der Zigarette, die sie vor kurzem noch zurückgewiesen hatte, fast hätte sie dabei ihren Wein verschüttet. Das Muttermal an ihrer rechten Brust? Es war ihm aufgefallen?

„Über Literatur lässt sich gut streiten", lachte er, nahm ihr das Feuerzeug aus der Hand und gab ihr Feuer.

„Ich glaube, gleich beginnen deine Sportsendungen."

Er sah auf seine Uhr.

„Etwas Zeit ist noch, Gesa. Ich bezahle drinnen, und dann begleite ich dich ein Stück nach Hause."

Ihr war alles recht.

25.

„Was hältst du davon, morgen früh eine Runde Golf zu spielen? Mit mir und meinem Nachbarn aus Norwegen? Er hat bereits gebucht."

Ich begehre dich?

Er schob ihr Rad, und sie hatte sich nun doch andere Schuhe angezogen, die Ersatzturnschuhe aus dem Rucksack.

Inzwischen hatte sie sich von dem Schreck erholt. Pavel las in Århus. Zum Glück war Mads nicht auf die Idee gekommen, sie dahin einzuladen. Anscheinend wusste er nichts von dieser Lesung.

„Morgen habe ich nichts weiter vor. Da schließe ich mich euch gerne an."

„Der Norweger wird Augen machen, wenn du weiter abschlägst als er."

Juelsminde hatte einen schönen Golfplatz, wunderbar gelegen mit Blick direkt aufs Meer.

„Der Platz ist sehr hügelig, das bin ich nicht gewohnt."

„Ich gehe davon aus, dass du ihn schlagen wirst. Er bildet sich etwas ein auf sein Handicap."

„Du magst ihn nicht?"

„Das würde ich so nicht sagen. Er war Fußballer und hat einmal viel Geld verdient, da kann ein kleiner Dämpfer nicht schaden."

Ungläubig sah sie ihn an.

„Die meisten Handballer, Gesa, haben studiert und können auch gut Fußball spielen. Ich kenne keinen Fußballer, der Handball spielen kann."

Am liebsten hätte sie laut losgelacht.

„Aber Golf spielen kann er?"

„Ich bin ja leider kein so guter Golfer", gestand er schließlich ein. „Setzen wir uns noch einen Moment auf die Bank da drüben am Strand?"

Wieder glitzerte das Meer in der Sonne, und sie sahen eine Weile schweigend aufs Wasser.

„Lassen wir uns etwas Zeit, Gesa", sagte er und nahm nicht einmal ihre Hand.

In Palsgaard war er nicht so zögerlich gewesen.

Dann hob er kurz die Augenbrauen und strich ihr übers Haar.

„Die neue Frisur steht dir gut. Ich war ganz baff, als du vorhin so vor mir standst."

Er hatte es also doch bemerkt.

„Ich freue mich, dass du es magst."

Nun fuhr auch sie sich wieder durch das Haar. „Wirst du noch einmal als Trainer arbeiten, Mads?"

„Kannst du dir vorstellen, wie einsam das ist? Ich habe mich noch nicht entschieden."

„Was ist das?"

Sie sprang auf und deutete aufs Meer.

„Delfine?"

„Schweinswale, Gesa."

„Die hab` ich hier noch nie gesehen! Schau doch, und gleich so viele!"

Er kräuselte die Stirn.

„Der Norweger hatte mir heute Nachmittag sein Kajak geliehen. Allerdings erst, nachdem ich ihm mein EPP-2-Zertifikat vorgelegt hatte. Der Meer hier um Juelsminde ist manchmal unberechenbar."

Das hatte sie am eigenen Leib erfahren.

„Da bin ich etwas weiter hinaus aufs Wasser, und da sind sie mir ganz nah gekommen, gefährlich nah. Auch wenn sie vermutlich nur spielen wollten. Dabei sind sie sonst eher scheu und schwimmen sofort weg."

Inzwischen war auch er aufgestanden.

„Scheu?", sagte er. Und dann sah er sie an mit seinen meerwasserblauen Augen und küsste sie.

Sie musste sich zurückhalten, seine Küsse nicht genauso heftig zu erwidern. Er hob sie an und drückte sie ganz eng an seinen Körper.

So sehr verlangte ihn nach ihr?

„Keine Seele weit und breit", flüsterte sie ihm ins Ohr.

Ja, sie wollte ihn. Jetzt, hier, sofort, ganz nah am Meer.

Dort hinter den Holunderbüschen.

Sanft setzte er sie ab.

„Ich bin noch nicht so weit."

„Aber ich", sagte sie.

Er wollte sie - und wies sie doch zurück?

Noch hatte sie sich nicht von ihm gelöst.

„Ich spüre dein Verlangen."

„Ich bin noch nicht so weit."

Sie dachte an den Zettel aus der Fuchsie, der nun in H. C. Andersens Märchen steckte.

Jetzt nur nichts Falsches sagen.

„Entschuldige, Mads. Dann fahr ich jetzt nach Haus."

Enttäuschung stand in seinen Augen.

„Wofür solltest du dich entschuldigen, Gesa?"

„Lassen wir uns noch etwas Zeit, Mads."

Sie ging zu ihrem Rad und wunderte sich, dass sie es so gelassen nahm.

„Und morgen, Gesa? Bleibt es bei unserer Runde Golf?"

Sie runzelte die Stirn. „Nimm dich in Acht, Mads Sørensen, dass dir die Bälle nicht um die Ohren fliegen."

Nun lächelte er. „Ich lass dich auch gewinnen."

„Dir noch einen spannenden Fernsehabend. Und einen nordischen Sieg. Ich freue mich auf morgen!"

Und schon radelte sie davon.

Was Siri ihm wohl erzählt haben mochte?

Mittwoch

26.

Die Badesachen hingen auf der Leine hinter dem Pavillon. Sie würden sehr bald trocknen.

Es war ein wunderschöner Morgen. Blauer Himmel,
Sonnenschein, und die Wassertemperatur lag bei
neunzehn Grad. Vielleicht sorgte eine südlichere
Strömung dafür, dass sich das Meer so schnell er-
wärmte? Beim Frühschwimmen waren sie sogar zu
siebt gewesen.

Frische *rundstykker*[20] hatte sie nicht geholt. Stattdessen
hatte sie ohne Rücksicht auf die Zeitverschiebung
gleich nach dem Frühstück bei Jan in Island angerufen, doch der war, anders als sie erwartet hatte, nicht
mehr im Bett gewesen, sondern bereits in Svens Fischfabrik, um sich von seinen Kolleginnen zu verabschie-
den. Anschließend würden Jördis und er noch einmal
zu den Walen hinausfahren. Am Abend gebe es dann

---

[20] Brötchen

eine Abschiedsparty in einem der Szenelokale im Hafen.

Er hatte so erwachsen geklungen, dass sie für einen Augenblick beschämt gewesen war.

Wie wenig sie ihn doch kannte.

Und Weihnachten würden sie Verlobung feiern?

„Ihr kommt doch?", hatte er gefragt. „Vater und Jytte haben etwas anderes vor."

Wie Goethes Werther hatte er nicht geklungen. Dieser Sohn, den sie nun an eine andere verlieren würde, sah nicht nur aus wie Erik Laursen, er hatte auch so geredet wie er.

Ja, sie würden Weihnachten nach Reykjavik fliegen.

Immer noch war sie nicht überzeugt von seinen Plänen. Er war viel zu jung für eine solche Bindung.

Nach Max` Tod hatte sie wenig Zeit für die Zwillinge gehabt, das Geschäft war fast immer vorgegangen, das Geschäft und Jakob. Dabei hatte sie Erik die Kinder regelrecht abtrotzen müssen, er hatte immer darauf bestanden, dass sie verhütete.

Hätte sie sich nur mehr um die beiden gekümmert.

Noch war es nicht zu spät.

„Und was ist mit deinem Bruder?"

„Bis dahin müssen wir ihm eine Freundin suchen", hatte er gescherzt. Da hatte sie fürs Erste eingelenkt und kurz mit ihm gelacht.

„Auf Heiratsvermittlungen jeglicher Art solltet ihr in Zukunft besser verzichten. Und seid vorsichtig auf der Hochzeit!"

„Wie meinst du das?"

„Trinkt nicht so viel, und lasst euch nicht provozieren."

„Wir sind erwachsen, Mutter."

Sie goss sich ein Glas Wasser ein und ging auf die Terrasse, um in Ruhe nachzudenken.

Gleich nachdem Jan aufgelegt hatte, hatte sie noch einmal in Island angerufen bei seiner Tante Liv.

Zunächst war diese etwas kleinlaut gewesen, sie hatte wohl mit Vorwürfen gerechnet. „Sven und ich waren auch nicht viel älter, als wir geheiratet haben. Ihr kommt doch zur Verlobung?"

Nahezu wortwörtlich hatte Liv bestätigt, was Jan ihr gerade berichtet hatte. Allmählich begann auch sie nun zu verstehen, dass es mit ihm und Jördis etwas Ernstes war.

Eine Verlobung konnte man lösen, versuchte sie sich zu beruhigen. Verlobte man sich heute überhaupt noch? Er war zu jung für eine feste Bindung. Besser, es käme erst gar nicht dazu!

Bis Weihnachten war noch reichlich Zeit.

Erschrocken hielt sie inne.

War sie gerade dabei, in die Rolle der bösen, alleinerziehenden Schwiegermutter zu schlüpfen?

Sie kannte einige Jungs aus Jans Jahrgang, die eine feste Freundin hatten. Er war beileibe nicht der einzige. Vielleicht musste sie sich wirklich damit abfinden, wenn sie ihn nicht ganz verlieren wollte.

Abwarten und das Beste hoffen?

Wehmütig sah sie zum Pavillon hinüber. Dort hatten die Zwillinge so gerne gespielt. Es war ihre Burg gewesen. Heute stand sie leer.

Sie hatte auch erfahren, dass Felix täglich nur vier Stunden in der Fischfabrik hatte arbeiten müssen und nach Tariflohn bezahlt worden war. An den Nachmittagen habe er, anders als sein Bruder, frei gehabt und mit seinen isländischen Freunden die Insel erkundet.
„Ich glaube, Gesa, Felix kommt noch nicht damit zurecht, dass Jan und Jördis sich lieben. Obwohl er sich nichts anmerken lässt", hatte Eriks Schwägerin gesagt.

Jedoch als sie Liv auf Madeleine angesprochen hatte, war es still gewesen in Reykjavik. Erst nach langem Zögern hatte die andere geantwortet.
„Sven hat sich damals gleich nach unserer Hochzeit den Pflichtteil seines Erbes auszahlen lassen, einen Bruchteil dessen, was ihm zugestanden hätte. Es hat gereicht für eine kleine Fangflotte. Die Fischfabrik ist später erst dazugekommen."
Das wusste sie bereits seit langem.
„Erik hat sein Erbe nie angerührt, Gesa. Aber anders als Sven ist er nie von seiner Mutter losgekommen."
Damit hatte sie sich dieses Mal nicht abspeisen lassen, sondern energisch nachgehakt. „Du kennst Madeleine besser als ich. Jan und Felix werden ihre Großmutter in Zukunft häufiger besuchen."
Und wieder hatte Liv geschwiegen. Aber schließlich hatte sie ihr doch noch einen kleinen, vergifteten

Happen hingeworfen, mit der Bitte um absolute Vertraulichkeit.

„Madeleine Laursen war eine Sonnenanbeterin. Stundenlang lag sie mit ihrem Luxuskörper auf ihrer Liege am Øresund, und wenn ihr Mann, der alte Laursen, außer Haus war, ließ sie einen ihrer pubertierenden Söhne kommen, mal traf es Sven, mal Erik, und sich von oben bis unten von ihm eincremen. *Auch weiter unten, Sven. Du willst doch nicht, dass deine Mutter noch verbrennt.*"

Irgendwann habe der Alte etwas mitbekommen. Und danach habe sie sich auf die Kunst gestürzt.

Nein, Madeleine Laursen habe nicht auf kleine Jungs gestanden, sie habe die beiden auch nie unsittlich berührt. Ihre Liebhaber seien immer wesentlich älter gewesen als sie selbst, wie ja auch ihr Ehemann. Sie sei einfach nur abgrundtief böse.

Liv hatte sich regelrecht in Rage geredet und sie vor dieser Frau gewarnt. „Sie zieht die Menschen magisch an, und wenn sie ihr ins Netz gegangen sind, stößt sie sie kalt zurück! Sie ist abgrundtief böse, Gesa, und das auf eine derart raffinierte und perfide Art und Weise, dass kaum jemand es rechtzeitig bemerkt. Wären Sven und ich nicht gleich nach unserer Hochzeit zu meiner Familie nach Island geflohen, hätte sie auch unsere Ehe zerstört. Am besten hältst du die Zwillinge von ihr fern."

Sie selbst hatte einen ganz anderen Eindruck von Madeleine gewonnen.

Was mochte da nur vorgefallen sein? Gemeinhin verlor Liv selten ein böses Wort über andere und ruhte in sich selbst.

„Wir werden nicht zu Eriks Hochzeit kommen, Gesa."

„Sie ist doch gar nicht eingeladen."

„Das wird sie sich nicht nehmen lassen, glaub mir, noch dazu, wo so viel Prominenz erwartet wird. Am liebsten würden wir auch unsere Enkeltochter Jördis hierbehalten."

Madeleine war nicht eingeladen, und Jördis würde an Jans Seite sein.

Und Felix wusste für sich selbst zu sorgen.

Es gab Schlimmeres als Sonnencremes.

Aber ihre Zweifel waren gesät.

27.

Um elf war sie mit Mads und dem Norweger auf dem Golfplatz verabredet, und hinterher wollten sie im Clubhaus eine Kleinigkeit essen.

Sie musste sich nur noch umziehen und Theresas Golf-Ausrüstung aus dem Schuppen holen.

Weshalb zögerte sie? Das Wetter war schön und der Golfplatz wunderbar gelegen. Wenn sie jetzt einen

Rückzieher machte, würde er das vermutlich falsch verstehen.

Bevor sie losfuhr, ging sie noch einmal zum kleinen Haus hinüber. Der Durchgang in der Lärchenhecke war fast zugewachsen. Die Brutzeit war vorüber, und wozu hatte Heinrich all die teuren Gartengeräte angeschafft! Sobald sie vom Golfplatz zurück wäre, würde sie sich an die Arbeit machen.

Die hässliche, braun-getigerte Katze lag auf der Fußmatte neben der Terrassentür des kleinen Hauses und reagierte nicht, als Gesa um die Ecke bog. Aber das Schälchen mit dem Premium-Trockenfutter, das sie ihr unter die Tischtennisplatte gestellt hatte, war leer.

Am letzten Abend hatte sie nicht mehr an Siris Geschenk gedacht, sie hatte anderes im Kopf gehabt. Aber sie konnte sich denken, worum es sich handelte: Eine dieser Marionetten, ebenso herausgeputzt und verrückt wie die anderen, nur kleiner.

Sie war nicht gut zu sprechen auf die Schneiderin, die sich so einfach in ihr Leben gedrängt hatte.

Nun hatte Mads Sørensen sich wieder in sein Schneckenhaus zurückgezogen und sich auf seine Frau besonnen. Genauso wie damals in Barkenstedt nach diesem einen Tanz. Sie hätte ihn für mutiger gehalten.

Nur noch drei Tage blieben ihnen in Juelsminde, und er zögerte immer noch. Sie wurde nicht klug aus ihm. Erst weckte er ihr Verlangen. *Ich konnte Sie nicht vergessen.* Und nach dem Regenguss in Palsgaard war er nicht einmal auf die Idee gekommen, sie in sein schönes, schwarzes Haus am Hafen einzuladen? Auf eine Tasse Kaffee.

Sie war nicht unzufrieden gewesen in den letzten Jahren und hatte ihre Unabhängigkeit schätzen gelernt. Sie brauchte nicht auf Biegen und Brechen einen Mann.

Eine solche Blöße wie am letzten Abend würde sie sich nicht noch einmal geben.

Als sie den Schlüssel ins Schloss steckte, begannen ihre Hände zu beben, als spürten sie Wasser, so stark, wie sie es seit Jahren nicht gespürt hatte.

Das Herz wuchs ihr so sehnsuchtsvoll?

Stop it Jeesa!

Erst jetzt erinnerte sie sich wieder?

Jeesa?

Die Frau hatte schon bei ihrer ersten Begegnung ihren Namen gekannt!

Reiß dich zusammen, ermahnte sie sich und ging hinein.

Der *opholdsrum* war picobello aufgeräumt, keine Stoffreste, keine Fäden, keine Knöpfe. Der Holzboden blitzblank gewienert.

Da war nichts, was darauf hindeutete, dass die Frau vorhätte, noch einmal nach Juelsminde zurückzukehren. Auch das Plaid und das kleine Kissen waren verschwunden.

Weshalb hatte sie darauf bestanden, das Haus bis Samstag zu behalten?

Es lag auch keine Puppe auf der Couch. Nur das Hochzeitsbild!

Siri Mortensen hatte ihr Hochzeitbild zurückgelassen?
Sie fröstelte, rieb sich die Arme und nahm das Foto in die Hand. Sie konnte es kaum halten, so sehr zitterten ihre Hände, und dann fiel ein Couvert, das hinter dem Rahmen gesteckt hatte, auf den Boden.
Sie bückte sich und hob es auf.
Drei Zeilen standen auf dem Umschlag, in einer Handschrift, die genauso gestochen war wie die Knopflöcher der Schneiderin.
Drei Zeilen:
Für Gesa Jakobsen.
Er weiß nichts davon!
Mia Mortensen, geborene Farkasz.
Siri Mortensens Frau war Pavel Klimas Schwester!
Ein Schaudern durchfuhr sie!
Das war das Werk seiner Mutter Zuzana Farkasz!
Diese drei Zeilen, das ahnte sie, könnten ihr Leben verändern.

28.

„Wegen der Hochzeit, Gesa?"

„Wie bitte?"

Die Buchpremiere begann um halb zwölf. Noch sechzig Kilometer. Das konnte sie unmöglich schaffen.

„Hat es mit dem Vater der Zwillinge zu tun?"

„Entschuldige, Mads, da war schon wieder ein Erntefahrzeug vor mir. Was hast du gesagt?"

„Ob es etwas mit dem Vater von Jan und Felix zu tun hat! Wo bist du überhaupt? Weshalb hast du nicht die Autobahn genommen?"

Da baute er ihr, ohne es zu ahnen, eine Brücke. Natürlich hatte es mit Erik zu tun. Hätte der sie damals nicht nach Prag beordert, wäre sie Pavel Klima nie begegnet.

„Ich bin noch vor Horsens."

„Auch hier haben sie alle Mähdrescher und Dreiseitenkipper einberufen, die sich irgendwie bewegen lassen, sogar die ganz alten und kleinen Modelle. Sie sind spät dran mit ihrer Ernte."

„Die meisten Ländereien gehören zu Palsgaard."

„Palsgaard", wiederholte er. „Palsgaard im Regen!"

„Ja, es gibt einiges zu regeln. In Århus. Auch wegen der Zwillinge. Ich werde vermutlich nicht vor morgen Mittag zurück sein."

Was war in sie gefahren! Nicht vor morgen Mittag?

„Zu Høgs Feier kommst du?"

„Ich freue mich darauf. Und euch viel Spaß beim Golfen."

„Fahr vorsichtig!"

„Bis dann, Mads."

29.

Zwei Minuten Blitzlichtgewitter.

Sie war mit reichlich Verspätung im ARoS angekommen, die eigentliche Lesung war vorbei.

Sie hatte sich zunächst nicht reingetraut in diesen Saal, der viel zu klein war für ein solches Medienaufgebot.

Und dann hatte sie sich in eine der hinteren Reihen verkrochen. Die meisten Journalisten standen. Sie verstellten ihr die Sicht.

Nun ergriff die Kulturdezernentin das Wort.

„Unsere Zeit ist begrenzt. Paul Farkas wird ein kurzes persönliches Statement abgeben und anschließend noch ein paar Fragen zu seinem Roman beantworten."

Und schon begann die Show.

Sie sah auf eines der vielen Filmplakate. Nun hatte er es endgültig geschafft. Da stand sein Kommissar auf den Stufen zur Manchester Art Gallery und küsste seine Chefin Jane. Detective Chief Inspector John Bari.

Gleich mit seinem ersten Krimi hatte Paul Farkas einen Bestseller gelandet, und heute, vier Jahre später, war immer noch nicht öffentlich geworden, wer sich hinter diesem Pseudonym verbarg. Offenbar hatte er einen Deal mit der Presse geschlossen, wohl auch wegen der Position seines Vaters. Aber nun, da seine Stoffe auch verfilmt wurden und ein breiteres Publikum fanden, würde die Netzgemeinde über kurz oder lang hinter das Geheimnis kommen.

Allmählich wurde es ruhig im Saal.

Bewegung in der Reihe vor ihr, und für einen Moment konnte sie einen Blick auf den Autor erhaschen.

Da stand er, Farkas, der Wolf, ein einsamer Wolf, eine Hand an der Brille, die andere an der Hosennaht und die Augen auf einen Punkt weit hinten im Saal gerichtet.

Oh, Mads!

Nun drängten sich noch weitere Journalisten in die Reihe vor ihr, und die Sicht war wieder zugestellt.

„Schade", meinte die Fotografin neben ihr.

„Mit einem derartigen Medieninteresse hätte ich nicht gerechnet", erklang Pavels dunkle Stimme, die offenbar nicht nur ihr einen Schauer über den Rücken jagte.

„Mit dieser Stimme und mit diesem Aussehen könnte er beim Film Karriere machen", flüsterte die Fotografin ihr zu. „Er passt zu Bari."

„Dies ist meine erste Pressekonferenz, und ich bin erst zum zweiten Mal in Dänemark. Ich hoffe, ich komme hier lebend heraus und lande nicht irgendwo im Moor bei Silkeborg!"

Heiteres Gemurmel.

„Grauballe!", rief jemand in den Raum.

„Wie Sie wissen, schreibe ich unter dem Pseudonym Paul Farkas und werde das auch weiterhin tun. Ich bin siebenundvierzig, stamme aus Tschechien und bin in einer Pflegefamilie in Prag aufgewachsen. Meine leiblichen Eltern waren mir lange nicht bekannt." Er sprach nahezu aktzentfrei Englisch. „Bis vor einem halben Jahr habe ich in der Nähe von Manchester als Arzt gearbeitet. Ich bin der Sohn von Sir Paul Richardsen, dem früheren Leiter der Wiener Behörde, und habe seinen Namen und die britische Staatsbürgerschaft angenommen."

Unruhe im Saal. Schon zuckten die ersten ihre Smartphones, und die Finger gingen hoch.

„Meine Mutter, Susan Richardsen, gehört zum Volk der Roma und war zur Zeit des Prager Frühlings eine bekannte Sängerin."

„Ich bitte um Ruhe", schaltete sich die Moderatorin ein.

Der Autor ließ sich von der Aufregung im Saal nicht beirren.

„Ich bin verwitwet und habe zwei Töchter. Die Mutter meiner Kinder war psychisch krank und hat sich vor sechs Jahren das Leben genommen."

Jetzt waren sie nicht mehr zu halten. Die ersten rannten hinaus. Andere tippten wild in ihre Laptops.

Nun hatten sie ihre Schlagzeile.

Sie war erschüttert.

Inzwischen hatten sich Grüppchen gebildet, und immer mehr Finger gingen hoch.

„Ruhe im Saal!" Die Kulturdezernentin klopfte gegen das Mikro. „Damit ist dieser Teil der Pressekonferenz beendet. Es ist alles gesagt. Herr Farkas wird im Folgenden nur noch Fragen, die seinen Roman betreffen, beantworten."

Das hatte so resolut geklungen, dass der Protest dagegen bald verstummte, und nachdem noch einmal die Kamerablitze aufgeleuchtet waren, leerte sich der Saal zur Hälfte.

30.

Nun hatten alle einen Platz.

Sie hatte sich weiter nach außen gesetzt und hinter zwei hünenhaften Journalisten versteckt. Die Fotografin war gegangen.

„Hat es mit dem Brexit zu tun, dass Sie Ihr neues Buch nicht in London, sondern in Dänemark vorstellen?"

„Der Termin im ARoS stand vor der Abstimmung fest", schaltete sich die Kulturdezernentin ein. „Århus wird Kulturhauptstadt Europas."

„Abgesehen von Großbritannien leben meine treuesten Leser in den nordischen Ländern, und der Regisseur, der meine Romane verfilmt, stammt aus Silkeborg", fuhr Faraks fort, als hätte er nicht gerade noch sein Innerstes nach außen kehren müssen. „Da kann es nicht schaden, einmal vorbeizuschauen, noch dazu in diesem spektakulären Kunsttempel. Was die Mapplethorpe-Ausstellung betrifft, war Århus ebenfalls schneller als London."

Zustimmendes Gemurmel.

„Worauf führen Sie es zurück, dass Ihre Bücher in Dänemark und Skandinavien so erfolgreich sind?"

„Anfangs hat man mir vorgeworfen, Adler-Olsen zu kopieren."

Heiterkeit im Saal.

„Zugegeben, auch in Manchester ist ein skurriles Dreierteam zu Gange, und es sind inzwischen fast so viele Tote zu beklagen wie in Ystad. Doch ich will Baris Licht nicht unter den Scheffel stellen! Anders als Carl Mørck oder Wallander hat er auch Medizin studiert."

„Hört, hört! Holmes und Watson in einer Person!"

Lachen im Saal.

Farkas verstand es, die Meute zu lenken. Farkas, der Wolf.

„Auch Sie haben Medizin studiert, und ihre Mutter gehört zum Volk der Roma."

„Natürlich fließt beim Schreiben immer etwas Persönliches mit ein. Man gibt etwas von sich preis. Aber das sind bei mir, anders als bei dem großen Karl Ove Knausgård, nicht eigene Erlebnisse, sondern es ist eher die Art, die Welt zu sehen und zu beurteilen."

„Knausgård", murmelte die norwegische Journalsitin neben ihr und nickte ihr zufrieden zu. „Farkas ist genauso alt wie er und auch ein Mann, den Frauen lieben."

Hatte ihre Nachbarin da gerade etwas durcheinandergebracht?

„Wann schicken Sie Baris verrückte Chefin endgültig in die Wüste?"

Was er wohl dazu sagen würde?

„Ich hatte die Frau schon nach Liverpool abschieben lassen, meine Leser und auch John Bari wollten sie unbedingt zurück. Vielleicht finden John und Jane ja doch noch zusammen."

Ungläubiges Raunen.

Lag es nur an Bari? Oder wollte auch der Autor nicht auf diese Frau verzichten?

„Ihr Held Inspector Bari ist ein Rom. Diese Minderheit ist in Ihrer alten Heimat nicht besonders beliebt. Wie werden Ihre Bücher in Tschechien aufgenommen?"

Gespannte Stille im Raum.

„Ich schreibe Krimis, da geht es um Verbrechen und nicht primär um Politik. Ich will niemanden belehren. Allerdings orientiere ich mich an den Menschenrechten, und natürlich gibt es wie auch bei Mankell und den anderen einen gewissen Zeitbezug. Der Leser will sich orten können. Es sind ja keine historischen Romane."

„Wie verkaufen sich Ihre Bücher in Tschechien?", hakte jemand nach.

„Meine Krimis werden auch in Prag, Pilsen und Marienbad gelesen. Die Verkaufszahlen in Dänemark und in meiner alten Heimat sind annähernd identisch."

Tschechien hatte fast doppelt so viele Einwohner. Ob alle hier im Saal das wussten?

„Außerdem gibt es Menschen, die gern über einen Kommissar lesen, der Rom ist, solange das ihren Alltag nicht berührt."

Farkas, im Tschechischen ohne z. Ja, er hatte gelernt, die Meute zu lenken.

Der Mann vor ihr beugte sich zu seinem Nachbarn hinüber und deutete auf sein Smartphone. Kurz war die Sicht nun wieder frei.

Der Autor blickte in den Saal und wirkte ganz zufrieden.

Was hatte sie hier verloren?

Vierzehn Jahre war es ihr gelungen, die Erinnerungen an ihn in die dunkelsten Kammern ihres Bewusstseins zu verbannen.

Ein Frösteln fuhr ihr über die Haut. Er hatte eine Saite in ihr zum Klingen gebracht in seiner Einraumwohnung in diesem heruntergekommenen Prager Haus, die ihr besser verborgen geblieben wäre. Ihr war angst und bange geworden. Und auch er war wie im Rausch gewesen und hatte gar nicht wieder in die Wirklichkeit gewollt.

Sie strich sich über ihre Arme. Noch war es nicht zu spät.

Gerade wollte sie sich hinausstehlen, als ihr ein junger Mann auf die Schulter stupste und einen gefalteten Zettel sowie einen Stift reichte. Langsam setzte sie sich wieder hin. Ihre Nachbarin sah neugierig zur Seite. Schnell drehte sie sich so, dass die andere nicht mitlesen konnte.

Wir treffen uns - eine Stunde nachdem das hier vorbei ist - vor dem Portrait von Cindy Sherman. Paul.

Nun hatte er sie doch entdeckt!

Sie spürte, wie sie errötete. Ohne zu zögern, schrieb sie ein großes Ja auf den Zettel, und der Götterbote lächelte.

Das Herz klopfte ihr bis zum Hals.

Paul? Sie würde ihn weiter Pavel nennen.

Sie schloss die Augen und versuchte ruhig zu atmen.

Ganz ruhig.

Eine Stunde nachdem das hier vorbei war?

Er hatte nicht gezögert.

Sie musste sich irgendwie ablenken. Am besten bei *Søstrene Grene* in der Søndergade.

„Haben sich die Reaktionen auf Ihre Bücher seit der Massenzuwanderung nach Europa verändert? Gibt es rassistische Anfeindungen?"

Die Moderatorin räusperte sich.

Nun erhob sich auch die Kulturdezernentin aus ihrem Designersessel und deutete auf die Uhr.

„*Danmark-tv* erwartet uns im Regenbogenpanorama."

Der Autor blieb gelassen. „Die meisten meiner Leser scheinen nicht besonders anfällig dafür zu sein. Vielleicht schätzen sie es, dass Bari sich von Anfang an zu seinen Wurzeln bekannt hat." Wieder hielt er kurz inne. „*Es schadet* bekanntlich *nichts, in einem Entenhofe geboren zu sein, wenn man nur in einem Schwanenei gelegen hat!*"

Applaus.

31.

Da stand er vor ihr, fremd und stumm, in seinen Augen eine tiefe Traurigkeit.

Das war nicht Pavel!

Und schon befiel sie eine heftige Beklommenheit.

„Entschuldigen Sie, Herr Farkas", näherte sich ihnen eine alte Dame und hielt ihm eines seiner Bücher hin.

Diese Frau schickte der Himmel!

„Ob Sie mir wohl eine kleine Widmung hineinschreiben könnten? Vorhin im Gedränge habe ich es nicht geschafft."

Die Stimme der Frau hatte gezittert.

Geduldig wandte er sich ihr zu, setzte sich auf die Sitzfläche ihres Rollators und machte sich gemeinsam mit ihr ans Werk.

Nein, das war nicht der, den sie gekannt hatte.

Vierzehn Jahre!

Was hatte sie erwartet? Damals war er gerade dreiunddreißig gewesen, Dr. Pavel Klima, ein brotloser Kafka-Experte, der für den Sportteil einer Prager Tageszeitung schrieb.

Er wirkte robuster, handfester als früher. Die vollen, dunklen Haare streng nach hinten gekämmt, eine schwarz gerahmte Brille auf der Nase und ganz in Blau gekleidet. Ozeanblau das T-Shirt, das Sakko und die Jeans. Nur die Turnschuhe in grau.

„Nun möchte ich dem Glück nicht länger im Wege stehen", sagte die Frau, warf ihnen ein verschworenes Lächeln zu und schob mit ihrem Wägelchen davon.

„Ein freundliche Frau", sagte der Autor, und dann sah er ihr in die Augen.

„*Ahoj*, Pavel", sagte sie und wusste, dass sie dem nicht würde standhalten können. Schnell senkte sie den Blick, aber da war es schon zu spät. Einen Augenblick zu spät.

Jetzt sah auch er zu Boden und fuhr sich mit der Hand durchs Haar. Eine Geste, die sie an ihm kannte.

„Wo ist dein zerzauster Pagenkopf geblieben?"

Etwas anderes fiel ihr nicht ein?

Kurz huschte ein Lächeln über sein Gesicht. Dann griff er schweigend in die Tasche seines Sakkos, holte sein Smartphone heraus und hielt ihr das Display entgegen.

Für Pavel.

Sie weiß nichts davon.

Mia.

Das Lächeln war verschwunden.

„Ich nehme an, du hast eine ähnlich lautende Botschaft meiner Schwester erhalten."

Unsicher nickte sie ihm zu. Freute er sich denn gar nicht, sie zu sehen?

„Was stand da zu lesen?"

„Es war ein Couvert mit einer von dir persönlich verfassten Einladung zu dieser Lesung."

134

Mit zittrigen Fingern wühlte sie in ihrer Handtasche, bis sie das Beweisstück gefunden hatte.

Er zog die Stirn in Falten.

„Sie muss es mir untergeschoben haben. Sie ist meine Managerin."

„Was steht noch in deiner Nachricht?"

„Lies selbst!"

Sie hat eine Einladung zu deiner Lesung erhalten. Solltet ihr euch verpassen, erreichst du sie unter folgenden Rufnummern und Adressen.

„Sogar ein Ferienhaus haben sie für uns gemietet."

„Ich habe nichts davon gewusst, Pavel."

Er deutete auf Siris Hose.

„Und ich habe nicht gewusst, dass den beiden so viel an mir liegt. Wie haben sie es angestellt?"

Sie spürte ihre Knie weich werden.

„Siri hatte sich unter einem Vorwand in meinem Sommerhaus eingenistet."

Ungläubig sah er sie an.

„Das war generalstabsmäßig geplant. Bis ins letzte Detail!"

„Siris Hose! Das werde ich den beiden nicht vergessen", sagte er, legte den Arm um ihre Schulter und gab ihr, ohne auf die anderen Besucher zu achten, einen Kuss.

Einen harmlosen Begrüßungskuss.

Dann nahm er ihre Hand und führte sie zu dem Portrait von Andy Warhol.

32.

Nun dozierte er wieder.

Das hatte er sich immer noch nicht abgewöhnt!

Sie gab ihm einen Stups, deutete auf die Tür zum Nebensaal und grinste.

„Ich war schon *On the Edge*, Pavel. Es war mehr als *am Rande!*", meinte sie, auf den Titel der Mapplethorpe-Ausstellung anspielend. „Nachdem ich das gesehen hatte, bin ich in Århus *domkirke*, habe gebetet und mir zu Gemüte geführt, wie der Heilige Michael die Seelen wiegt."

Sie hatte tatsächlich gebetet.

Noch einmal deutete er auf die geschlossene Tür.

„Mir hat es gefallen", meinte er. „Und du willst da wirklich nicht hinein?"

„Auf keinen Fall!" Über diesen Teil der Ausstellung würde sie nicht diskutieren.

„Kannst du immer noch Wasser spüren, Gesa?"

Ein Schauder ergriff sie.

„Ich möchte dich lieben, Gesa. Am Wasser. Wie viel Zeit hast du mitgebracht?"

Wie auch immer es ausgehen mochte!

„Bis morgen früh."

„Und dann geht es weiter nach Stockholm."

33.

„*Und es war Sommer, ein warmer, wohltuender Sommer.*
Da saßen die beiden, erwachsen und doch Kinder, Kinder im Herzen. Sie sahen einander in die Augen und verstanden auf einmal den alten Gesang.
Ein trauriges Märchen. Ein typischer H. C. Andersen. Und ein versöhnlicher Schluss.“
„Du hast den Text einfach umgestellt und etwas weggelassen.“
„So passt es besser.“
„Anders als Gerda und Kay sind wir keine Nachbarskinder. Und schon längst erwachsen!“
„Daran hege ich keinerlei Zweifel“, lachte er und sprang auf.
„Komm her, Gesa! Einmal noch. Im Wasser.“

34.

„Woher kanntest du die Grotte und den Zauberwald, dieses wunderschöne Fleckchen Erde?", wollte er auf dem Weg zurück zum Parkplatz von ihr wissen.

„Ja, ich war schon einmal hier." Sie zögerte. „Mit meinem verstorbenen Mann."

Er runzelte die Stirn.

„Er hat sie uns einmal gezeigt. Die Liebesgrotte von Moesgård Skov. Die Kinder waren dabei. Etwas abseits vom *Oldtidsstien* auf einer Wanderung vom Museum hinunter ans Meer standen wir plötzlich davor."

„Damals gab es das spektakuläre in den Hang gebaute MOMU noch nicht."

Auch dies ein Werk von Henning Larsen Architects. Vielleicht sollten ihre Söhne doch Architektur studieren.

„Die Moorleiche war damals schon hier, im alten Moesgård-Museum. Die Zwillinge waren besessen vom Grauballe-Mann, und Max wusste so spannend davon zu erzählen, dass es Jakob gruselte."

„Auch in der Nähe von Manchester wurde eine Moorleiche gefunden. 1984 beim Torfabbau."

„Der Lindow-Mann. British Museum. Auch er ein Menschenopfer. Erdrosselt? Ein Druidenfürst? Ich glaube, ich kenne alle Geschichten über Moorleichen! Meine beiden Ältesten konnten nicht genug davon bekommen."

Er lachte. „Vielleicht sollte ich ein Buch darüber schreiben."

„Im Juli findet hier unten am Strand immer ein Wikingertreffen statt", erklärte sie. „Die Teilnehmer kommen aus ganz Skandinavien und auch aus Großbritannien. Da wird gekämpft, gegessen und geritten wie in alten Zeiten. Und im nächsten Jahr wird auf dem Grasdach des Museums eine Saga über einen Wikinger aufgeführt, der auf dem Weg zu seiner großen Liebe ist. *Røde Orm*."

„Ich bin kein Wikinger, Gesa."

An Mads Sørensen wollte sie jetzt nicht denken.

„Weißt du, Pavel?"

„Ja?"

„Ich glaube, Max ist hier einmal mit Luisa gewesen, seiner ersten Frau." Sie hielt kurz inne. „Sie war seine große Liebe und ist so jung gestorben."

„Ich verstehe!"

Nun lag wieder diese Traurigkeit in seinen Augen.

„Es war kein Liebestod. Es war Krebs. Die Grotte, Pavel, weshalb hat er sie mir gezeigt?"

Da stellte er kurz den Korb mit den Getränken und der Decke auf den Boden und nahm sie in seine Arme. In Gedanken versunken gingen sie das letzte Stück bis Moesgård Strand.

„Wie spät es wohl ist?"

„Es ist nicht mehr weit."

35.

Schon kamen ihnen immer mehr Jugendliche mit Badesachen entgegen.

Feierabend!

„Hej!"

„Hej!"

Ja, jetzt war Sommer.

Munteres Treiben am Strand und auch im Wasser.

Und vor dem Kiosk eine lange Schlange.

Bei diesem Wetter war es hier schöner als im Süden.

„Ich habe Hunger."

„Ich stelle mich dort nicht an."

„Aber ich. Ich bin Brite. Nimmst du deinen Kaffee immer noch mit Milch?"

Das hatte er nicht vergessen!

„Halb Milch, halb Kaffee. Ich warte am Auto."

Und dann setzte er seine Sonnenbrille und die Baseballkappe auf und stürzte sich ins Getümmel.

Am Auto erwartete sie eine Überraschung. Eine böse Überraschung: Ein Reifen platt und die linke Hintertür zerkratzt. Ein langer, tiefer Kratzer.

Ihr schönes, neues Auto. Auch wenn es ein Jahreswagen war.

Und dann bemerkte sie auch Spuren am Heck.

Hier war noch nie etwas weggekommen. Sie waren nicht am Strand von Ostia und auch nicht im Zentrum von Prag.

Aufgebrochen war die Tür nicht. Wohl auch wegen der Alarmanlage. Alles lag an seinem Platz: Pavels Reisetasche, sein Arztkoffer und auch ihr Gepäck.

Den Ersatzreifen hatte sie bis dahin nie gebraucht. Und den Wagenheber auch nicht.

Als sie sich den Reifen genauer ansah, entdeckte sie einen dicken Nagel.

Sie erschrak.

In banger Vorahnung nahm sie ihr Smartphone aus der Tasche.

Dieses Mal war es keine SMS, sondern eine Mail.

Verschwinde aus Dänemark mit deinen beiden Bälgern!

Erschrocken drehte sie sich um. Es standen viele Autos auf dem Parkplatz. In einigen saßen Menschen. Ob einer davon sie beobachtete? Schon auf der Hinfahrt nach Århus hatte sie das vage Gefühl gehabt, dass jemand sie verfolgte. Ob er ihnen auch zur Grotte gefolgt war? Sie schüttelte sich.

Jetzt nur keine Panik.

Woher kannte der Absender ihre neue private E-Mail-Adresse, die sie auf Rat der Zwillinge hütete wie ihren Augapfel und zu der nur wenige Personen Zugang hatten?

„Anzeigen oder ignorieren", hatte Jan gemeint, als sie vor Monaten schon einmal im Netz belästigt worden war, allerdings war es da um eine Lesung in ihrer Buchhandlung gegangen.

„Oder du müllst den Server des Absenders mit Systemdateien von Windows zu", hatte Felix zur Selbstjustiz geraten.

Sie sah in den Himmel und dachte an Pavel.

Einfach ignorieren! Von diesem Dreck würde sie sich nicht den Abend verderben lassen.

Sie dachte an Livs Worte: *Abgrundtief böse!*

Der junge Fahrer von Madeleine Laursen? Das war ein unfreundlicher Mensch, der noch dazu aussah wie ein Türsteher. Er hatte sie so angestarrt in Trapholt.

Sie sah Gespenster.

Madeleine war eine einsame Frau, die dabei war, Frieden zu schließen mit sich und mit der Welt. Auch ihr Alter hatte die Frau korrekt angegeben. Felix hatte eine Kopie ihres Reisepasses gefunden. Und zu derart plumpen Mitteln würde die Frau aus Hellerup vermutlich ohnehin nicht greifen.

Sie schaute noch einmal zum Kiosk hinüber. Immer noch wartete Pavel geduldig auf seine Pommes frites und den Kaffee.

Nein, in diese Angelegenheit würde sie ihn nicht mit hineinziehen. Er hatte Sorgen genug.

Behandle ihn vorsichtig und mit ganz viel Liebe.

Schnell holte sie ihren Werkzeugkasten aus dem Kofferraum, griff sich die Kneifzange und machte sich ans Werk. Aber der Nagel steckte so tief, dass es ihre Kräfte überstieg.

„Dürfen wir helfen?" Zwei junge Männer mit Grillkohle und Getränken standen neben ihr, sie mochten etwas älter sein als Jan und Felix. Der eine deutete kopfschüttelnd auf die zerkratze Tür, der andere nahm ihr die Zange aus der Hand – und schon war das Problem gelöst.

„Wo ist der Ersatzreifen?"

Auch diese beiden schickte der Himmel!

Und so fanden zwei große Tüten Chips, die Pavel vor ihrem Spaziergang zurückgewiesen hatte, dankbare Abnehmer.

Schnell sah sie noch einmal auf ihr Handy. Es waren insgesamt drei Nachrichten.

Eine SMS von Mads. Er hatte den Norweger besiegt und wollte wissen, ob sie gut angekommen sei in Århus.

Oh, Mads! Hastig grüßte sie zurück.

Frau Weiß teilte ihr mit, dass die neue Mitarbeiterin Frau Wilken seit Dienstag schon sechs Ausgaben des *Quickborn* von Klaus Groth an die Leser gebracht habe. Es sei richtig gewesen, dieser Frau eine Chance zu geben.

Und dann war da noch eine Nachricht von Siris Londoner Anwaltskanzlei!

Die Dänin hatte es nicht lassen können und wieder über ihren Kopf hinweg entschieden! Was erwartete die Frau? Einen Skandal?

Es war eine kurze Nachricht.

Leider können wir Ihnen in der betreffenden Angelegenheit nicht helfen.

Kein Anhang. Nichts weiter.

Was hatte Siri geglaubt? Eine Kanzlei, die gemeinhin Prominente und sogar Regierungen beriet, würde sich mit einer solchen Bagatelle nicht abgeben.

Felix ging sofort ans Telefon. Im Hintergrund Gelächter und Musik.

„Wo bist du?"

„Wir feiern eine Pool-Party bei *farmor* im Garten."

Ob er sie wohl schon eingerieben hatte? Mit Sonnencreme?

Jetzt nur nichts Falsches sagen.

„Ich bin auch am Wasser. Das Wetter ist wunderschön."

„Schade, dass Jan nicht dabei ist."

„Du hältst dich doch zurück bei den Mädchen, nicht wahr?"

Hoffentlich legte er nicht auf!

„Keine Angst, Mama, ich gönne Jan sein Glück."

Erleichtert nahm sie das Handy in die andere Hand. Er hatte sie verstanden.

„Hast du Madeleine eigentlich schon meine neue E-Mail-Adresse gegeben?"

„Sie hatte mich darum gebeten, nun, da ihr euch endlich kennengelernt habt."

Sollte sie sich so in der Frau getäuscht haben?

Ganz ruhig bleiben, ermahnte sie sich. Das musste noch nichts bedeuten. Außerdem traute sie Madeleine nicht zu, so raffiniert mit dem Internet umzugehen.

„Die kleine Hütte, wo ihr feiern wolltet, steht nun leer. Die Engländerin ist abgereist."

„Fühlst du dich einsam, Mama? Wo ist Mads?"

Mads? Der hatte Golf gespielt und einen Sieg errungen.

„Hast du *farmor* eigentlich auch von der kleinen Hütte erzählt?", tastete sie sich vorsichtig heran.

„Weshalb sollte ich das tun? Das ist etwas für Männer. Ich habe ihr Videos vom großen Haus gezeigt."

Sie atmete auf. Aber etwas musste sie noch in Erfahrung bringen. Sie schämte sich dafür. „Weiß Mads von unserem kleinen Haus?"

Auf einmal lachte er auf.

„Wir haben nichts davon erzählt. Du willst mit Mads in unsere Hütte?" Es lief ihr kalt den Rücken herunter.

„Ich bin mir sicher, dass auch Jan und Heinrich nichts dagegen haben. Obwohl das große Haus viel besser ausgestattet ist."

Inzwischen waren noch zwei Nachrichten von Siri eingegangen. *Wir freuen uns, dass ihr euch gefunden habt und wünschen euch viel Glück. Siri und Mia.*

Ja, das hatten die beiden geschickt eingefädelt!

Der zweite Text war etwas länger.

Die Puppen sind gut angekommen in Odense. Kein Skandal. Bin schon auf dem Weg nach Frankfurt. Fliege morgen nach Dubai und dann weiter nach Oman. Meine Anwälte hatten mir mitgeteilt, dass sie nichts für dich tun könnten. Habe noch einmal nachgehakt. Der Seniorchef vertritt auch Pavels Onkel John Richardsen, und der wiederum ist, wie du weißt, ein Freund von Erik Laursen. Loyalitätskonflikt? Vielleicht hilft dir das weiter."

Die andere ließ nicht locker. So viel lag ihr an ihr?

Es war wohl eher Pavels Glück, das ihr am Herzen lag.

Sie sah noch einmal auf die Mail.

Vielleicht war alles viel harmloser, als sie befürchtete. Den Nagel könnten auch ein paar Jugendliche in ihren Reifen geschlagen haben, einige von ihnen waren betrunken gewesen, als sie an den Strand gekommen waren. Und die Mail musste nichts damit zu tun haben.

Am besten nahm sie die ganze Angelegenheit mit etwas mehr Gelassenheit.

Ihr Gefühl sagte etwas anderes.

36.

„Weshalb schaust du so oft in den Rückspiegel?"

„Ein Drängler, Pavel, jetzt ist er weg. Erzähl mir, wie sie dich nach Århus gelockt haben?"

„Ich glaube, das eine hatte zunächst nichts mit dem anderen zu tun. Mein Onkel hatte mich gebeten, ihn nach Århus zu begleiten. Er leidet unter Parkinson und kann nicht mehr so weit alleine reisen. Und ich konnte eine Luftveränderung brauchen. Wir sind schon seit Montag da. Die Stadt erinnert mich etwas an Manchester. Dort gibt es auch so viele Kreative und Studenten. Aber nicht so viele Radfahrer wie hier." Nun lachte er. „Unglaublich viele Fahrräder! Freitag, nach der Hochzeit seines Freundes, bringe ich meinen Onkel zurück nach Oxford."

„Ja, der Termin für die Hochzeit stand schon lange fest."

„Der Bräutigam ist der Vater deiner Zwillinge."

„Was hat er sonst noch so erzählt?"

Er rieb sich die Nase.

„Er hat mich gestern Abend zum Essen eingeladen in ein nordisches Restaurant in Århus mit skandinavischer Sterneküche und Spitzenweinen. Und danach haben wir noch an der Uferpromenade gesessen. Am Åboulevarden."

„Er mochte mich nicht!"

„Das würde ich so nicht sagen."

„Raus damit!"

„Er meint, du habest manchmal deine Kompetenzen als Dolmetscherin überschritten."

„Von Haus aus war ich Politologin. Doch das ist lange her. Was hat er noch gesagt?"

Wieder zögerte er.

„Er hätte es begrüßt, wenn Laursen dieses Mal dich geheiratet hätte."

Das nahm sie John Richardsen nicht ab.

„Ist da noch etwas zwischen euch?"

Sie dachte an Mads und fröstelte.

„Wie kannst du das nur denken!"

„Es geht mich auch nichts an." Er beugte sich zu ihr herüber und legte seine Hand auf ihren Oberschenkel.

„Ich muss mich konzentrieren, Pavel. Wir haben die Autobahn bereits verlassen."

„Das ist mir nicht entgangen, meine Liebe. Wie lange hattest du mit keinem Mann geschlafen?"

„Fünf lange Jahre. Wieso fragst du? Hat es dir nicht gefallen?"

„Damals warst du mutiger."

So mutig wie bei Mads, als sie ihm am letzten Abend etwas ins Ohr geflüstert hatte?

„Und jünger!", sagte sie. Sie dachte an die hübsche Fotografin, die auf der Pressekonferenz neben ihr gesessen hatte. „Und du, Pavel, hast du viele Frauen gehabt?"

Und schon durchströmte sie seine Wärme.

„Weshalb fährst du einen Škoda-Octavia, Gesa?"

Er wollte sie. Und sei es nur für einen Tag. Und nur für eine Nacht.

„Er hat einen großen Kofferraum. Ich brauche ihn für mein Geschäft. Außerdem ist er günstiger als sein deutscher Bruder."

„Zum Glück sind diese Shorts nicht ganz so eng wie Siris Hose. Weshalb fährst du ein tschechisches Auto, Gesa?"

„Den ersten Škoda habe ich mir gleich nach Jakobs Geburt gekauft. Dies ist der Dritte!"

„Kannst du nicht irgendwo ranfahren?"

Da war schon wieder eines dieser Ernteungeheuer. Und schon zog er die Hand zurück. Zum Glück hatte ihr Auto ausreichend Pferdestärken.

„Ich kenne einen magischen Hain ganz in der Nähe. Dort oben auf dem Berg. *Purhoj*. Aber nur, wenn es dich nicht gruselt?"

„Weshalb sollte es, meine Schöne?"

„Es ist der *Galgenbakke*, Pavel, der Galgenberg."

„Ich schreibe Krimis."

„Ich werde dort nicht mit dir schlafen. Das ist für mich tabu. Es ist ein Zauberberg, ein geheimnisumwitterter Ort mit einer ganz besonderen Aura. Ein Grabhügel aus der Eisenzeit. Später ein Thingplatz, wo Recht gesprochen wurde, und an Walpurgis tanzen dort die Hexen und die Trolle. Ich möchte ihn dir nur zeigen."

Falls ihnen dahin jemand folgte, würde sie es merken. Zurück würde sie den Weg auf der anderen Seite nehmen, dort waren die Felder bereits abgeerntet.

„Warst du hier oft mit deinem Mann?"

„Es ist auch der Lieblingsplatz meines Bruders. Er ist Geologe und arbeitet für Statoil. Auch er kann Wasser fühlen und spürt sofort, ob es sich leben lässt an einem Ort oder nicht."

Nun ging es steil bergan.

„Bevor ich dich und Zuzana kannte, habe ich von solchen Dingen nichts gehalten."

„Dabei hattest du schon damals heilende Hände. Sonst wärst du wohl nicht Arzt geworden."

„Das ist allein das Werk meiner Mutter Zuzana. Nachdem meine Träume von Kafka und Amerika zerplatzt waren, konnte ich nicht einmal mehr als Sportreporter zu meiner alten Prager Zeitung zurück, geschweige denn als Literaturwissenschaftler an die Karlsuniversität. Da habe ich auf Zuzanas Rat hin doch noch Medizin studiert. In Pilsen."

„Ihr haben wir es zu verdanken, dass wir uns hier begegnet sind, nicht wahr?"

„Ich vermute."

Inzwischen hatten sie den Märchenwald passiert. Niemand war ihnen gefolgt.

„Noch ein kleines Stück zu Fuß, dann sind wir da."

37.

Sie hatte den Svanevœnget gemieden und stattdessen den Weg durch den Wald genommen.

Als sie die Hütte erreichten, war es schon dunkel, und die Katze wartete vor der Terrassentür.

Pavel wollte dem Tier sofort etwas zu fressen geben.

„Ich komme im Moment nicht an das Futter heran."

„Dann gib ihr etwas von dem, was wir unterwegs eingekauft haben. Es ist genug da. Am besten ein Stück Fisch."

Widerstrebend tat sie ihm den Gefallen.

„Und ein Schälchen Wasser, Gesa."

Erst dann gingen sie hinein ins Paradies.

38.

„Willst du wirklich darüber reden?"

„Meine Mutter hatte mich vor ihr gewarnt, doch ich wollte es nicht hören. Ich habe viel gearbeitet und hatte damals auch schon mit dem Schreiben begonnen."

Er atmete schwer.

„Spätestens, als sie sich immer mehr zurückzog und mir den Umgang mit meinen Freunden verbieten wollte, hätte ich es wissen müssen. Nicht einmal mehr zum Proben mit meiner Band wollte sie mich lassen."

„Du bist Orthopäde."

„Knochenarzt, Gesa. Ein Arzt fürs Grobe. Eines Abends, ich war spät aus der Klinik gekommen, war das Baby verschwunden."

„Du musst es nicht erzählen."

„Der Kinderwagen stand im Garten. Es war Ende November. Zum Glück war die Kleine wohlauf. Erst als ich ihr mit der Polizei drohte, war sie bereit, sich in Behandlung zu begeben. Aber sie hat sich nicht auf die Therapie eingelassen, und die Medikamente hat sie ins Klo gespült. Schließlich habe ich gegen ihren Willen Kontakt zu ihrer Mutter aufgenommen, und die hat mir die Augen geöffnet. Doch da war es schon zu spät. Zwei Tage später habe ich sie gefunden. Die Kinder lagen neben ihr und schliefen viel zu fest."

„Sie hat sie nicht mitgenommen!"

„Als examinierte Krankenschwester kannte sie sich aus mit der Dosierung. Gleich nach der Beerdigung haben wir Tschechien verlassen und sind zu meinen Eltern nach Manchester gezogen. Bis dahin hatten die beiden ihre einzigen Enkelkinder nie gesehen! Das war vor sechs Jahren. Die Mädchen waren noch so klein, dass sie von all dem hoffentlich nichts mitbekommen haben."

Sie streichelte ihm übers Haar.

„Irgendwann werde ich es ihnen erzählen müssen, Gesa", meinte er, und dann nahm er ihre Hand und drückte sie so fest, dass sie es kaum aushalten konnte. „Es war ein Champions-League-Abend im Frühjahr dieses Jahres. Weil es wieder einmal Terrordrohungen gegeben hatte, befand sich das medizinische Personal in Manchester in Alarmbereitschaft. Mein aktueller Roman war gerade fertiggeworden." Immer noch hatte er seinen Griff nicht gelockert. „Wenn meine Zeit es zulässt, arbeitete ich in der Landarztpraxis eines Freundes. Gegen acht wurden wir von der Polizei zu einem unnatürlichen Todesfall in der Nachbarschaft gerufen. Und da ist es aus mir herausgebrochen. Ein klassischer Flashback!"

„Ich weiß nicht, ob ich es hören will."

„Es war keine Krankenschwester, und sie kannte sich auch nicht aus mit Tabletten."

„Sondern?"

„Eine Sozialarbeiterin mit ihren beiden kleinen Mädchen. Ein grausames Bild."

Nun erst löste er seinen Griff.

„Wie lange warst du im Sanatorium?"

„Drei Monate. Schon nach fünf Wochen ging es mir besser. Auch die Schreibblockade war gelöst. Ich bin noch eine Weile geblieben, und habe meinen neuen Roman begonnen."

Wieder drückte er ihre Hand. Dann stand er auf, zog den Bademantel an und ging nach draußen.

39.

„Bei deinen Nachbarn schleicht jemand ums Haus!"

Hatte sie es doch geahnt!

„Wie kommst du darauf?"

„Als ich im Garten war, sprang die Außenbeleuchtung an. Ein älterer Mann mit einem Hüftschaden."

„Die Nachbarn sind nicht da, aber ihr Haus ist gut gesichert. Da kommt so schnell keiner rein."

Gesichert wie Fort Knox!

„Hat er dich auch gesehen?"

„Nein. Ich stand hinter der Hecke, und hier draußen gibt es ja kein Licht. Er macht sich an den Blumen auf der Terrasse zu schaffen. Gut, dass wir die Jalousien heruntergelassen hatten."

Mads' Fuchsie!

„Schließ die Tür ab, Pavel."

„Fürchtest du dich?"

Das hatte Zeit bis morgen.

„Lass uns ein Glas Wein trinken, und etwas Musik hören."

Er lächelte. „Wir hatten schon damals nicht den gleichen Musikgeschmack, Gesa."

„Erinnerst du dich an das Sehnsuchtslied?"

Nun zog er die Stirn in Falten. „Ich vermute, dass meine Sehnsuchtslieder härter sind als deine."

„Black!"

„Ja, Gesa, auch dunkler."

Er hatte es vergessen!

Donnerstag

40.

„Und du kannst wirklich nicht mit nach Stockholm kommen?"

Obwohl noch etwas Zeit war, stand sein Gepäck bereits auf der Terrasse, und die Katze lag zufrieden auf seiner Laptoptasche. Sie hatte sie bereits gefüttert, und das Tier hatte sich sogar von ihr streicheln lassen.

„Ich habe den Zwillingen versprochen, hier auf sie zu warten. Sollte es Probleme geben, könnte ich in einer Stunde in Århus sein."

„So schlimm?", sagte er und schenkte sich noch eine Tasse Kaffee ein.

„Es ist das erste Mal, dass sie an einer Feier des Laursen-Clans teilnehmen. Eriks Enkel tragen den Kopf sehr hoch, und auch meine Jungs sind keine Waisenknaben. Da kann leicht ein Wort das andere geben."

„Da müssen sie durch, wenn sie dazugehören wollen."

„Ich weiß."

Er sah aus dem Fenster.

„Draußen äsen Rehe."

„Es gibt hier auch Fasane. Mein Vater meint, die Tiere wissen, dass in einem Sommerhausgebiet nicht geschossen wird. Die Rehe fressen die Bäume kaputt."

„Die Bäume wissen sich zu wehren!"

„Wie meinst du das?"

„Sie spüren am Speichel, ob es ein Tier ist, das sich an ihnen zu schaffen macht, oder der Wind. Ist es ein Reh, produzieren sie mehr Salizylsäure und bilden Gerbstoffe, die den Tieren nicht schmecken."

„Woher weißt du so etwas?"

„Von meiner Mutter."

In diesem Moment meldete sich sein Telefon, das er nun wieder eingeschaltet hatte.

„Meine Schwester Mia. Ich gehe kurz nach draußen."

Für sie eine Gelegenheit, schnell bei Felix anzurufen.

Er war schon auf dem Weg zum Flughafen. Dort würde sein Bruder auf ihn warten.

„Nur ganz kurz, Felix. Was hat Madeleine dir erzählt nach unserem Treffen in Trapholt?"

„Sie war sehr zufrieden, Mama. Es sei ein gutes Gespräch gewesen. Darauf könne man aufbauen."

„Da war so ein älterer Mann mit einem Hüftleiden?", versuchte sie es auf gut Glück.

„Karl. Ihr Diener. Er ist sonderbar."

Madeleine Laursen!

Ihr zitterten alle Glieder.

Sie konnte es nicht glauben. Sollte ihr Gefühl sie so getrogen haben?

Ganz ruhig bleiben, ermahnte sie sich.

„Den Eindruck hatte ich auch."

„Ich glaube, er ist etwas menschenscheu, *farmor* scheint er treu ergeben, und uns konnte er sofort auseinander halten, obwohl wir uns so ähnlich sehen." Felix zögerte. „Mich mag er. Er ruft mich Erik und hat mir vorhin sogar auf die Schultern geklopft. Jan nennt er den Franzosen."

Erik sah aus wie ein Franzose.

„Ich konnte ihn nicht so recht einordnen. Danke, Felix. Seid vorsichtig auf der Hochzeit."

„Ich freue mich auf Jan."

Sie spürte am Klang seiner Stimme, dass er noch irgendetwas loswerden wollte.

„Ja, Felix?"

„Gestern Nachmittag war *farmor* fast wieder so wie früher. Du weißt schon - wie die Schneekönigin."

„Was ist passiert?"

Er schien mit sich zu ringen.

„Sie hat mich gefragt, ob ich schon einmal eine Frau im Bett gehabt hätte."

Abgrundtief böse!

Jetzt nur keine Panik.

„Hattest du ihr von Jan und Jördis erzählt?"

„Ja. Und danach hat sie diese Pool-Party organisiert. Die Mädchen waren nicht ganz koscher."

Gesa atmete schwer. Und sie fragte sich, ob er tatsächlich schon einmal mit einer Frau geschlafen hatte.

Da kam er ihr zuvor. „So ganz unerfahren bin ich nicht, Mutter."

Das war kein Gespräch, das er mit seiner Mutter führen sollte. Das war ein Gespräch für einen Vater!

Doch schon fuhr er fort. „Heinrich hat uns im letzten Jahr einmal mitgenommen in einen Club auf St. Pauli. Es war nach einem Fußballspiel. Er meinte, wir seien alt genug dafür."

Das war doch nicht möglich!

„Dieser verdammte Schürzenjäger!", entfuhr es ihr.

„Dein Bruder hat an der Bar gewartet, Mama, und nur ein Bier getrunken."

Jetzt ganz ruhig bleiben. Es ging hier nicht um Heinrich, es ging um ihren Sohn. Und es ging um Erik Laursen!

„Und was ist gestern noch passiert?"

Sie fürchtete die Antwort.

„Als ich abends in mein Zimmer kam, lagen zwei dieser Mädchen in meinem Bett!"

Bitte nicht, dachte sie.

„Und dann?"

„Ich habe sie rausgeworfen. Das hätte Jan auch so gemacht. Ich will mir doch keine Krankheiten holen."

„Da bin ich stolz auf dich, mein Sohn. Ich freue mich auf Samstag."

Am liebsten hätte sie laut losgebrüllt!

Ja, wo war Erik Laursen?

41.

Sie gingen durch den verwunschenen Weg zum Strand, um noch einmal gemeinsam aufs Meer zu schauen.

Sie wusste, dass er sie verlassen würde. Er hatte ihr nichts versprochen.

Die Sonne schien. Am Wasser war es menschenleer. Es war noch keine neun.

Sie zeigte auf die verwitterte Bank. „Hier können wir einen Augenblick sitzen."

„Es ist zwar kein richtiges Meer, aber es ist wunderbar ruhig hier", brach er endlich sein Schweigen.

„Was hat Mia dir erzählt?"

„Sie freut sich, dass wir uns getroffen haben." Er konnte ihr nicht in die Augen sehen. „Du solltest hier nicht allein bleiben, Gesa. Am besten suchst du dir ein Zimmer in einem Hotel in Århus."

„Das hatte ich vor, aber es war den Zwillingen nicht recht."

Wieder wich er ihrem Blick aus.

„Ich glaube nicht, dass sie dir nach dem Leben trachten. Sonst hätten sie die Radmuttern gelockert und den Nagel nicht für jeden sichtbar in den Reifen geschlagen."

Sie schrak zusammen.

„Woher weißt du das?"

„Von den beiden jungen Männern, die dir beim Reifenwechsel geholfen haben. Mir ist auch nicht entgangen, dass auf der Autotür ein tiefer Kratzer prangt und du einen Umweg über den Berg genommen hast."

Nun senkte sie den Kopf.

„Es geht um Laursens Familie. Ich wollte dich da nicht mit hineinziehen."

Eventuell könnte sie heute bei Lene übernachten? Aber vermutlich wäre das gar nicht nötig, nun, da Karl bereits wieder in Hellerup war. Und den Zwillingen konnten er und Madeleine auch nichts mehr tun, die waren schon auf dem Weg nach Århus. Nie wieder würde sie ihre Söhne zu dieser Frau nach Hellerup lassen. Und jetzt verstand sie auch Jytte Laursen. Sie hatte lange gebraucht dafür.

„Hier solltest du nicht bleiben. Du würdest ohnehin kein Auge zubekommen. Obwohl ich dir zutraue, dem hüftlahmen Mann eins mit dem Feuerhaken über den Rücken zu ziehen. Das eine muss mit dem anderen nichts zu tun haben."

Das würde sie später klären.

„Hat Siri dich angerufen?"

„Du hattest mir von deinem *hyggeligen* Sommerhaus erzählt, hast du das vergessen? So wie hier lebt keine Frau. Keine Kleider im Schrank, keine Kosmetikartikel im Badeschuppen. Sogar die Kerzen mussten wir erst kaufen. Es ist das Nachbarhaus, nicht wahr?"

„Ich werde diese Nacht bei einer Freundin schlafen."

„Bei Kerzenschein? Ja, es lässt sich lieben in der kleinen Hütte. Da hat dein Bruder recht."

Schweigend sah er einen Augenblick aufs Meer.

„Und das mit uns, Gesa?", wollte er plötzlich von ihr wissen.

Entgeistert starrte sie ihn an. Diese Frage hatte er ihr schon einmal gestellt - damals in Prag vor vierzehn Jahren.

„Nur Mitleid und Lust?"

Jetzt hatte er sie in die Enge getrieben. Das Sehnsuchtslied hatte er vergessen, aber ihre Antwort nicht.

Beschämt senkte sie den Kopf. Sollte es etwa auf die gleiche Weise enden wie damals?

Vorsichtig legte sie ihre Hand auf seinen Arm. Er zog ihn nicht zurück.

„Es war nicht nur Mitleid und Lust. Das weißt du genau."

„Ich möchte es hören, Gesa."

Sie nestelte an ihrem Schultertuch.

„Es war auch nicht nur Verliebtheit."

„Sag es mir Gesa. Ich will es wissen."

Sie stand auf und ging die paar Schritte zum Wasser hinunter. Er folgte ihr und legte seinen Arm um ihre Schulter. *Nicht lügen am Wasser, Gesa, das bringt Unheil,* hatte ihr Großvater ihr eingeschärft.

Alle Bedenken beiseite schiebend, entschied sie sich schließlich für die Wahrheit. „Die Zwillinge, Max und das ungeborene Kind. Und mein Geschäft in Barkenstedt." Sie atmete schwer. „Ja, und auch Erik Laursen. Du und ich, Pavel, das war zu wenig."

Sie wagte kaum, ihn anzusehen.

„Und wieder reicht es nicht, nicht wahr?"

Behutsam führte er sie zurück zur Bank.

Abrupt hielt er inne.

„Was hast du da gerade gesagt, Gesa? Ein ungeborenes Kind?" Ungläubig schaute er sie an. „Kannst du das noch einmal wiederholen?"

„Ich war schwanger, Pavel, als wir uns in Prag begegnet sind. Schwanger von Max."

„Und trotzdem hast du mit mir geschlafen?"

Wieder senkte sie den Kopf.

„Nein, da wusste ich es noch nicht. Erst einen Tag später habe ich es erfahren. Jakob. Mein jüngster Sohn."

„Sag, dass das nicht stimmt!" Er packte sie bei den Armen und schüttelte sie.

Sie wusste nicht, wie ihr geschah. Doch schon ließ er sie wieder los und begann ziellos hin- und herzulaufen.

Enttäuschung lag in seinen Augen, als er zur Bank zurückkam.

„Ich habe die falsche Entscheidung getroffen, Gesa", sagte er, setzte sich neben sie und vergrub sein Gesicht zwischen den Händen.

Zärtlich streichelte sie ihm über den Kopf. „Es wäre nicht gutgegangen, Pavel. Du warst schon in Gedanken in Amerika." Sie hielt kurz inne. „Ich habe dann geheiratet. Max war mir ein guter Mann."

„Ach Gesa!", sagte er. „Ich spreche nicht von damals." Er klang, als lastete es ihm schwer auf seinen Schultern. „Gleich nach meiner Lesereise, noch vor

Weihnachten, werde ich, auch auf Rat meiner Ärzte, nach Amerika gehen mit meinen beiden kleinen Mädchen und unserer treuen, alten Nanny, nach Boston, um noch einmal ganz von vorne anzufangen. Die Verträge sind schon unter Dach und Fach."

Ruckartig stand sie auf, um ans Wasser zu gehen, und schon öffnete sich der Boden unter ihren Füßen.

42.

Jetzt war er nur noch Arzt.

„Ich kann nichts feststellen, alle Werte sind normal", sagte er, nachdem er sie gründlich untersucht hatte. „Trotzdem solltet du es noch einmal von einem Internisten abklären lassen. Fast wärst du mit dem Hinterkopf gegen die Bank geschlagen."

„Du hast mich aufgefangen. Ich wollte nur die Wassertemperatur prüfen und bin wohl in ein Loch getreten."

Sie hatte von Anfang an gewusst, dass er nicht bei ihr bleiben würde.

Und dann geht es weiter nach Stockholm.

„Mir machst du nichts vor. Bleib sitzen, Gesa."

Nachdem er seinen Arztkoffer zurück auf die Terrasse gestellt hatte, führte er sie zur Couch, setzte sich neben sie und nahm sie zärtlich in den Arm.

Wie ein scheues Reh saß sie nun da. „Warum hast du mir nicht früher von Amerika erzählt?"

„Da standst du vor mir neben dem Portrait von Cindy Sherman, die Frau von damals, die schöne West-Frau mit dem scheuen Lächeln, und hast mich wieder einen Augenblick zu lange angesehen."

„Manchester, Pavel, das wäre noch gegangen, dahin geht sogar ein Direktflug von Bremen. Wir hätten uns ab und zu sehen können. Aber Boston? Wann hast du den Entschluss gefasst?"

Er räusperte sich und rückte ein Stückchen von ihr ab. „In der Schweiz im Sanatorium. Woher weißt du das mit dem Direktflug?"

Ja, woher wusste sie das?

„Dein Kommissar ermittelt in Manchester, da habe ich einmal nachgeschaut."

„Ach, Gesa!"

„Du hast mit deinen Ärzten über mich gesprochen?"

„Alles, was Hoffnung gibt, hilft! Hilft besser als Tabletten, hatten sie zu mir gesagt und mich nach besonderen Momenten in meinem Leben gefragt."

Kopfschüttelnd saß er da.

„Von meinem Onkel wusste ich, dass du verwitwet bist. Ja, ich habe mit ihnen gesprochen. Sie haben abgeraten. Eine Witwe mit drei Kindern, noch dazu über fünfzig. In meinem Alter und in meiner Position sei es nicht zu spät, noch einmal ganz von vorne zu beginnen. Mein Traum von Amerika müsste kein Traum bleiben. Die Ostküste. Die Ivy League. Ich könnte andere Bücher schreiben und auch wieder unterrichten." Er schaute in den Raum. Nun lag da wieder eine tiefe Traurigkeit in seinen Augen. „Ich war auch zu oft nach London gefahren zu meinem Verlag. Die vielen Bars mit Live-Musik, Gesa, da war es nicht schwer, jemanden für eine Nacht zu finden. Das hat mir auf Dauer nicht gutgetan."

Viel zu fest fasste er ihr unters Kinn. „Hätt` ich nur früher von dem Kind gewusst!"

Was machte das für einen Unterschied?

„Ja, Manchester, das wäre noch gegangen", sagte sie wie zu sich selbst. „Nun, da ich eine zweite feste Mitarbeiterin eingestellt habe."

„Sieh mich an, Gesa."

Er hatte sich längst entschieden.

Auch seine Mutter würde ihn verlieren.

„Wusste Zuzana von deinen Plänen?"

„Ich habe es ihr erzählt, als sie mich im Sanatorium besucht hat."

Und dann hatten Mia und Zuzana mit allen Mitteln versucht, ihn zu halten.

„Hat deine Mutter dir jemals von mir erzählt?"

„Erst in der Schweiz, als ich nach dir gefragt habe."

„Was hat sie gesagt?"

„*Ich hätte mich da heraushalten sollen, Pavel. Sie hätte gut zu dir gepasst.* War sie Schuld an unserer Trennung?"

Die Antwort hatte sie ihm längst gegeben.

„Nein, sie trifft keine Schuld."

„Noch ist es nicht zu spät."

„Es war ein schöner Traum."

„Wir könnten ihn noch weiter leben. Du hast mich aus der Dunkelheit geholt."

Das hatte er ganz allein geschafft. Und sein Traum von Amerika war nie ihr Traum gewesen.

„Wann kommt dein Taxi?"

„In zwei Stunden."

„Weshalb steht das Gepäck schon auf der Terrasse?"

Er lächelte. Es war ein unsicheres Lächeln. „Ich hatte Angst, dass du mich rauswerfen könntest."

„Ja."

„Einmal noch, Gesa?"

Sie zog die Stirn in Falten.

„Und dann wirst du darüber schreiben. In deinem neuen Buch."

Er zuckte zusammen.

„Wie kannst du das glauben?"

„Das Muttermal, Pavel."

„Der Schönheitsfleck an deiner rechten Brust?"

Da lachte er laut auf. „Wer sollte das erkennen? Du weißt doch, wie das funktioniert. Ich bin nicht Bari und du nicht seine Jane. Ein Freund von Scotland Yard, der auch in meiner Band spielt, hat mich beraten. Die Story ist erfunden. Wer dich in Baris verrückter Chefin erkennt, der muss schon selbst ganz schön verrückt sein."

„Liebt Bari seine Jane?"

Er schien zu überlegen. Dann setzte er zu einer Antwort an. „Auf jeden Fall schläft er gerne mit ihr. Mehr kann ich dir dazu nicht sagen. Die Figuren entwickeln ein Eigenleben." Plötzlich hielt er inne. „In meinem neuen Buch ist Jane nicht mehr dabei."

Jetzt schrak auch sie zusammen.

„Das hat doch nichts mit uns zu tun", versuchte er sie zu trösten.

Da hatte sie wohl etwas missverstanden und seine Texte falsch gedeutet.

Nun schaute er auf seine Uhr und dann zur Couch hinüber.

„Wir haben viel zu viel geredet, Gesa. Gib mir ein Zeichen."

Auf jeden Fall schläft er gerne mit ihr?

Er hatte recht. Sie hatte es von Anfang an gewusst. Und sei es nur für eine Nacht und nur für einen Tag.

Nun sah auch sie zur Couch hinüber und knöpfte ihre Bluse auf. Da hatte er sein Hemd schon ausgezogen.

Ein allerletztes Mal.

43.

Sie stand auf dem Deich und schaute aufs Meer.

Nun war sie wieder allein. Und doch war alles anders.

Ob ihm wirklich so viel an ihr lag? Wie ein Verzweifelter hatte er sie zum Abschied noch einmal geliebt.

Sie hatte ihm schon damals nicht recht geglaubt, und auch vorhin, als sie ihm angedeutet hatte, dass ihre Liebe Grenzen kannte, hatte er wieder viel zu schnell klein beigegeben. Auch seine Liebe kannte Grenzen. Er hatte andere Pläne.

Und dennoch hatte er wie wild um sie gekämpft?

Noch war es nicht vorbei.

Sie lächelte und sog die milde Meeresluft ein. Dann nahm sie ihren Korb und schlenderte hinunter in die kleine Bucht.

Max` Bucht.

Ihr Körper schmerzte, und sie war erschöpft, und doch spürte sie eine neue Kraft, eine sprudelnde Quelle, aus der sie lange würde schöpfen können. Moesgård im Sommer. Und die kleine Hütte.

Und Mittwoch schon in Amsterdam.

Es würde ein sanfter Abschied werden. Nicht so abrupt wie damals in Prag.

Außer ihr waren nur zwei ältere Leute am Strand, die ihre Sachen bereits zusammenpackten. Kaffeezeit in Dänemark.

„Auf Dauer ist es heute etwas kühl", sagte die Frau und deutete auf den schmalen Steg, der bis ins tiefe Wasser führte. „Leider sind nun auch die Quallen da. Hinter der Brücke sind es nicht ganz so viele."

Da es etwas windiger war als in den letzten Tagen, breitete sie ihre Decke nicht mitten am Strand aus, sondern im Schutz des mächtigen Steinwalls, der auch diese Bucht begrenzte.

Und dann legte sie sich in Shorts und Badeanzug in die Sonne, lauschte dem Meer und träumte.

Aber der Schönste war doch der junge Prinz mit den großen schwarzen Augen.

Sie war dann wohl etwas eingenickt.

Kein Wunder, dachte sie und spürte, wie ihr ein Lächeln übers Gesicht fuhr.

Inzwischen hatten sich ein paar Wolken vor die Sonne geschoben.

Sie setzte sich auf, zog ihren Pulli über und beobachtete die Segelschiffe.

Und Möwen kreisten überm Meer. Da meldete sich ihr Telefon. Er hatte ihr geschrieben.

Liebste Gesa. Völlig entspannt sitze ich im Blitzzug nach Kopenhagen und quere den Großen Belt. Gleich geht es in den Tunnel. Ich fühle mich, als schwebte ich über dem Wasser, dabei geht mein Flugzeug erst in zwei Stunden. Die Liebesgrotte von Moesgård Skov und das kleine Haus. Das kann uns keiner nehmen. Und dann noch Frankfurt, Wien und Budapest. Und

Mittwoch schon in Amsterdam. Nun freue ich mich sogar da-rauf, vor fremden Menschen zu lesen.

Und dann war da noch ein Link zu einem Musikvideo.

Ist das vielleicht dein Sehnsuchtslied?

Sie hatte es ihm nicht verraten.

Es war auf der CD, die wir in meiner Wohnung in Malá Strana, an der Prager Kleinseite, gehört haben. Ich hatte sie für meine Schwester gebrannt. Der Song stand einundzwanzig Wochen an der Spitze der US-Charts.

Sie klickte es an und stutzte.

Natürlich kannte sie den Song. Crazy Town. Da machte er sich über sie lustig.

Nein, so wild wollte sie es dann doch nicht.

Das war nie mein Sehnsuchtslied und ich auch nie dein Schmetterling, schrieb sie ihm und lachte.

Ab heute schicke ich dir jeden Tag ein Musikvideo, damit du Anschluss an die Szene findest, Gesa. Beginnen wir mit Coastal Love von Honne. Das ist zurzeit das Beste, was es über Liebe gibt.

Sie lächelte in sich hinein. Ein Erziehungsversuch?

Wir benehmen uns wie Kinder! tippte sie und setzte noch ein Herz hinzu. Wenn ihre großen Jungs das wüssten.

Morgen vor dem Frühstück rufe ich dich an. Dann lass uns über Liebe reden, schrieb er ihr nun zurück.

Ja, sie würde ihn begleiten auf seiner Lesereise. Nicht die ganze Zeit, aber doch ein ganzes Stück.

Drei Monate für die Liebe. Was hatten sie zu verlieren!

„Menschen ändern sich nicht, Gesa", hatte ihre Mutter einmal zu ihr gesagt. „Du bist und bleibst eine Abenteuerin - genau wie ich. Dagegen hilft nur harte Arbeit."

Gearbeitet hatte sie in den letzten Jahren mehr als genug. Ihr Geschäft würde es aushalten, wenn sie ein paar Tage Urlaub machte, um Pavel zu begleiten.

Ihrem Vater würde sie nicht die ganze Wahrheit sagen. Er würde es nicht verstehen. Und außerdem war sie eine erwachsene Frau und niemandem Rechenschaft schuldig.

Dann spielte sie das Lied von Honne und wusste nicht, wie ihr geschah!

Sie spielte es ein zweites Mal.

Er wollte auf sie warten?

„Vielleicht entscheidest du dich nach diesen drei Monaten doch noch dafür, mit mir nach Boston zu gehen", hatte er ihr ins Ohr geflüstert, als sie sich endlich hatte fallen lassen können.

Coastal love.

Eine Liebe, die Ozeane überwand?

Vielleicht war es auch nur ein Lied und hatte nichts mit ihr zu tun.

Es war eine regelrechte Armada, die sich jetzt auf Juelsminde zubewegte. Eine Regatta?

Zum Segeln war dieses Wetter ideal. Max war ein leidenschaftlicher Segler gewesen und hatte hier im Hafen einen Liegeplatz gehabt. Doch sie, die so vertraut mit Wasser war, hatte nichts anfangen können mit diesem Sport. Auch war es ihr auf seiner Jacht immer viel zu eng gewesen.

Und wieder leuchteten die Segelboote in der Sonne.

Fest i Hvalen!

Weshalb war ihr das nicht früher eingefallen?

Dieses Hafenfest war ein Segen. Deshalb also waren ihre Nachbarn bereits vor dem Wochenende zurückgekommen und der Svanevœnget auf einmal so belebt gewesen. Sie hatte sich gleich sicherer gefühlt und das Auto auch wieder vor dem Haus geparkt. Bis Sonntag würden die meisten bleiben, um Live-Musik, Pfahlsitzen und Wassersport zu erleben.

Das *pœlesidning* hatte sie zunächst für eine heidnische Sitte gehalten, einen Brauch der Wikinger, doch Heinrich hatte sie eines Besseren belehrt und ihr erklärt, dass es auf einen frühchristlichen Asketen zurückging, einen Säulenheiligen, der durch seine enthaltsame Lebensweise näher zu Gott hatte kommen wollen.

So ganz traute sie den Dänen nicht über den Weg. An diesen fünf Tagen galt die Askese anscheinend nur für die Pfahlsitzer. Für die vielen Besucher des Festes gab es mehr als reichlich zu essen. Und der Alkohol floss in Strömen. Ja, wenn die Dänen feierten, dann feierten sie. Doch das war nicht ihr Alltag. Längst hatten sie ihr Wikingerblut gezähmt, sonst gäbe es hier wohl nicht so viele zufriedene Menschen.

Mads Sørensen sah aus wie das Prachtexemplar eines Wikingers!

Sie holte tief Atem.

Dann zog sie Shorts und Pulli aus und ging zum Steg hinüber. Die roten Flecken auf ihren Oberschenkeln würden blau werden.

Zeit für ein Bad.

44.

Die alte Dame hatte recht. Hinter der Brücke trieben längst nicht so viele Quallen wie weiter vorne im Wasser, wo sie bereits kurz einmal untergetaucht war.

Feuerquallen schien es auch weiter draußen nicht zu geben.

Voller Vorfreude reckte sie sich, nahm Anlauf und sprang kopfüber ins Meer.

Ein herrliches Gefühl!

Da keine Menschen am Strand waren, scheute sie sich nicht, immer wieder auf den kleinen Steg hinaufzuklettern und ins Wasser zu springen.

Und dann schwamm sie hinaus und legte sich auf den Rücken, schloss die Augen und ließ sich treiben.

Wie wohltuend es war. So ganz im Wasser!

Die Seen, die Flüsse, das Meer.

Und Tschechien hatte einen Hafen in Hamburg, der wurde nicht mehr gebraucht.

„Ich träume von einem richtigen Meer, einem Ozean, endlos und frei", hatte Pavel gesagt an Moesgård Strand.

Die Ostsee war ihm nicht weit genug?

Ihr reichte es allemal.

Nicht zu weit hinausschwimmen bei ablandigem Wind, hatte sie ihren Söhnen eingeschärft, und die Jungs hatten sich daran gehalten. Halte auch du dich daran, ermahnte sie sich und drehte sich wieder auf den Bauch.

Sie war dann doch ein Stückchen weiter abgetrieben. Aber gleich hinter der nächsten Buhne entdeckte sie einige Spaziergänger und Radfahrer, die sich Max` Bucht näherten, und schon verschwand die Angst.
Mit kräftigen, regelmäßigen Zügen bewegte sie sich zurück zum Steg. Aber die Gegenströmung, die stärker war, als sie vermutet hatte, machte ihr zu schaffen. Sie hatte sogar den Eindruck, immer weiter ins Meer hinauszutreiben. Jetzt waren die Spaziergänger hinter der Buhne verschwunden und der Steg kein Stückchen näher gerückt. Und dann war da auf einmal wieder der Gesang. *Was lockst du meine Brut.* Plötzlich fuhr ihr ein heftiger Schmerz in ihre Wade. Jetzt nur nicht zappeln! Sie hörte jemanden rufen. Ganz ruhig bleiben! Den Muskel überstrecken. Ihn dehnen. *Lockt dich der tiefe Himmel nicht, das feuchtverklärte Blau.* In diesem Augenblick kam eine gewaltige Welle auf sie zu, und dann traf sie ein heftiger Schlag in den Unterleib. Ein Stück Holz? Sie sank hinunter und schluckte Wasser. *So wohlig auf dem Grund!*
Aber sie ging nicht unter.
Immer wieder wurde sie nach oben gestoßen und herumgewirbelt, so dass das Wasser aus ihr herauslief. Vergeblich versuchte sie sich festzuhalten und griff

nach oben, doch ihre Hand glitt immer wieder ab, es war so glitschig. Endlich fand sie Halt, und wieder überkam sie eine heftige Übelkeit.

45.

„Es ist alles gutgegangen. Du hast nur ein paar kleinere Blessuren, die schnell verheilen werden. Sie haben dich gerettet."

Mads.

Sie öffnete die Augen. Sie lag am Strand. Ein junges Mädchen streichelte ihr Gesicht. Er kniete neben ihr, das Wasser troff ihm aus der Kleidung. Sein Fahrrad lag auf den Steinen.

Er hatte sie gerettet!

„Ein Wunder", sagte eine Frau auf Dänisch und strich ihm übers Haar. „Du hast sie gerettet, Mads Sørensen!"

Eine andere holte sein Fahrrad und schob es an die verwitterte Bank.

Es standen noch andere Leute um sie herum.

„Ihr ist nichts passiert", sagte Mads und deutete auf den Steg. „Sie ist ins Wasser gesprungen und hatte einen Krampf."

Ein heftiger Schmerz hatte ihre Wade gezerrt. Wie *spitze Nadeln und scharfe Messer!*

„Ich kam zufällig vorbei und habe ihr herausgeholfen. Sie hätte es auch ohne meine Hilfe geschafft. Sie ist eine erfahrene Schwimmerin, und es war nah am Ufer."

Was redete er da? Er war zu ihr herausgeschwommen und hatte selbst zu kämpfen gehabt. Er war untergegangen, und dann hatte er sie gerettet!

Nun zog einer der Anwesenden sein Smartphone. Mads sprang hoch und schlug es ihm aus der Hand. Auch die andern sahen den Übeltäter missmutig an.

„Ich wollte nur einen Arzt rufen", verteidigte sich der junge Mann.

„Ich kenne die Frau. Sie ist eine Freundin. Ich bringe sie nach Hause. Bitte geht jetzt weiter."

„Sollten wir nicht wirklich einen Arzt holen?"

„Das ist gut gemeint", hörte Gesa sich reden. „Aber mir ist nichts passiert. Mein Korb steht dort an den Steinen, Mads. Würdest du ihn bitte holen."

Schon lief das junge Mädchen los, holte den Korb und ihre Kleider und legte ihr den Bademantel um.

„Wie freundlich von dir!"

„Det var so lidt!"

Wie freundlich alle waren.

„Der Arzt ist bereits verständigt", sagte Mads. „Sie wohnt nur ein paar Schritte entfernt."

Immer noch etwas zögernd, waren die anderen endlich bereit, ihren Spaziergang fortzusetzen. Das junge Mädchen winkte ihr noch einmal zu.

„Ich danke dir", rief Gesa ihr auf Dänisch hinterher und versuchte sich aufzusetzen, doch alles drehte sich.

„Kannst du laufen bis zum Haus?"

Vergeblich versuchte sie sich aufzurichten.

„Mein Kopf, Mads. Und meine Beine."

„Deine Beine sind in Ordnung. Zieh das Knie an. Und dann streck es wieder aus!"

Das schaffte sie ohne Mühe.

„Hilf mir", bat sie ihn, und er gab ihr seine Hand. Und schon saß sie aufrecht neben ihm.

„Was ist passiert? Jemand hat ganz laut nach mir gerufen."

„Das war ich."

Er zögerte.

„Du bist untergegangen, Mads! Du hast mit mir gekämpft!"

„Als wir den Steg erreichten, habe ich sie gesehen. Drei Rückenflossen. Finnen! Ich glaube es waren Delfine."

Das war doch nicht möglich.

„Sie haben uns über Wasser gehalten, Gesa."

Ungläubig sah sie ihn an.

„Ich dachte, es sei ein Stück Holz."

Netzt ihm den kalten Fuß!

Delfine?

„Ich habe es vergessen, Mads."

„Du hast wirres Zeug geredet, aber du konntest laufen, als ich dich ans Ufer zurückgebracht habe!"

Delfine!

Weshalb hatte er den anderen nichts davon erzählt?

„Wir hätten keine Ruhe gehabt vor der Presse, glaub mir!"

Konnte er Gedanken lesen?

„Ich dachte, du seist im *Legoland*?"

„Emmas Kleine ist immer noch krank. Du hattest mir eine Nachricht geschickt. Da wollte ich kurz bei dir vorbeischauen. Und dann habe ich gesehen, wie jemand draußen im Wasser wie wild um sich schlug. Nun komm, ich helfe dir auf."

Sie hatte ihm keine Nachricht geschickt.

Sie hatte mit Pavel geschlafen.

„Mein Kopf! Ich kann mich nicht auf den Beinen halten."

„Aber du kannst schon wieder klar denken. Wenn ich dich stütze, müsste es gehen. Oben bei der Bank kannst du dich auf meinen Gepäckträger setzen."

46.

„Willst du deine Frau nicht begleiten, Mads?"
Mads. Alle schienen ihn zu kennen.
„Ich warte lieber draußen. Ich kann kein Blut sehen!",
scherzte er und ging zurück ins Wartezimmer. Heinrichs Arbeitsoverall und das verwaschene Holzfällerhemd standen ihm gut zu Gesicht.
„Dann hak dich bitte bei mir unter, Gesa, damit du nicht noch stürzt". Der Arzt nahm ihren Arm und führte sie in das Behandlungszimmer.
Blutdruck, Puls, Herz und Lunge, alles schien in Ordnung. Aber weshalb sah er sie so sonderbar an? Es war doch nur ein Wadenkrampf gewesen. Und ein bisschen Schwindel.
„Entschuldige mich einen Moment", sagte der junge Mann und verließ den Raum.
Hoffentlich war es nicht doch etwas Ernstes. Obwohl sie auf der Liege saß, drehte sich schon wieder alles.

Nachdem sie sich, auf ihrem Bett sitzend, behelfsmäßig angezogen hatte, hatte Mads sie in ihrem Auto in die Praxis gefahren. „Dort bist du gut aufgehoben", hatte er gemeint. Die Sprechstunde war eigentlich schon vorbei gewesen, aber da es sich um einen Notfall handelte, hatte der Arzt auf sie gewartet, und sie hatte gleich Vertrauen zu ihm gefasst.

„Würden Sie sich bitte einmal ganz freimachen, Frau Dr. Jakobsen." Die Ärztin, die nun an der Seite ihres Kollegen stand, sprach fließend Deutsch, und nun wurde sie auch wieder gesiezt.

„Ich werde Sie noch einmal gründlich untersuchen. Legen Sie sich bitte auf den Rücken."

Und dann machte sich die Frau, die in ihrem Alter sein mochte, an die Arbeit und diktierte ihrem Kollegen allerhand in den Computer.

„Wer hat Sie so zugerichtet, Gesa?", fragte sie mit ernster Miene. „Unser Handballstar?"

Sie wusste nicht, wie ihr geschah!

„Das Meer!", brachte sie schließlich heraus.

„Wollen Sie mich für dumm verkaufen? Die Hämatome am Bauch und an den Oberschenkeln stammen mitnichten aus dem Meer!"

„Ich habe keine Schmerzen!", versuchte sie die andere zu besänftigen. „Nur die Wade tut mir weh. Und der Schwindel."

„Sollen wir ihn reinrufen?", wurde die Frau lauter.

„Bitte nicht!", entfuhr es ihr. „Er hat nichts damit zu tun."

„Würdest du uns bitte einen Augenblick alleinlassen, Aksel?", sagte die andere, und schon waren sie allein.

Hoffentlich ließ er Mads in Ruhe.

47.

„Die Delfine und die Liebe!", lächelte die andere sanft.
„Ich glaube Ihnen, Gesa. So viel Leidenschaft hätte
ich unserem Mads Sørensen ohnehin nicht zugetraut!
Außerhalb des Spielfeldes!"
So aufmerksam wie diese Frau, die sicher längst Feierabend hatte und nun immer noch geduldig neben ihr
auf der Liege saß, hatte ihr selten ein Arzt zugehört
„Den Rest lassen wir meinen jungen Kollegen erledi-
gen. Wie gesagt, ich tippe auf Lagerungsschwindel. Er
wird noch ein paar Test mit Ihnen durchführen und
Ihnen ein paar Übungen zeigen."
Dann steckte sie ihr noch zwei Salben und eine Pa-
ckung Schmerztabletten zu.
„Ich weiß gar nicht, wie ich Ihnen danken soll, Birgit-
ta."
„Danken Sie Mads. Allein hätten Sie es nicht ans ret-
tende Ufer geschafft."
Zum Abschied strich ihr die Frau noch einmal übers
Haar.
„Den Schwindel rechnen wir mit der Krankenkasse
ab. Alles andere war ein Gespräch unter Frauen. Wie
gesagt, Gesa, auch ich mag Meerjungfrauen und die
Bücher von Paul Farkas."

48.

„Soll ich dich abholen?"

„Ich bin ja schon vom Arzt zurückgefahren. Mein Schwindel ist wie weggezaubert, Mads. Ich lege mich ein Stündchen hin und komme etwas später auf die Feier, wenn alle schon sitzen. Sagst du Høg Bescheid?"

„Soll ich nicht lieber bleiben?"

„Ich komme schon zurecht."

„Ich sage Høg Bescheid."

Immer noch in Heinrichs Arbeitsoverall nahm er sein Rad und fuhr davon.

Was war nur los mit ihm? Schon als er sie zum Arzt gefahren hatte, war er so wortkarg gewesen, so kühl. Dabei hatte sie noch gar keine Gelegenheit gehabt, mit ihm über Pavel zu reden.

Wahrscheinlich hatte er inzwischen auch bemerkt, was mit der Fuchsie geschehen war. Dass Karl es war, der sie zerschnitten hatte, konnte er nicht wissen.

Sie horchte noch einmal in sich hinein.

Ihr Vater hatte recht. Mads war ein feiner Kerl.

Doch er war noch nicht so weit, sich von seiner Familie zu lösen, und würde es vermutlich niemals sein.

Sie würde mit Pavel auf Reisen gehen.

Sobald sich ihr eine Gelegenheit böte, würde sie in Ruhe mit Mads reden. Zwar war sie ihm keine Rechenschaft schuldig, aber er hatte ihr Leben gerettet. Sie würde diese Beziehung, die noch gar nicht richtig begonnen hatte und die ihn augenscheinlich so belastete, so anständig wie möglich beenden. Ihm war nicht wohl dabei gewesen. Das hatte sie gespürt. Er hatte Verpflichtungen im Iran, und außerdem träumte er davon, noch einmal als Trainer zu arbeiten. In einem fernen Land.

Und doch war irgendetwas anders seit heut` Nachmittag, irgendetwas zwischen ihr und Mads, was sie nicht richtig greifen konnte.

Als sie in den *opholdsrum* zurückkam, räkelte sich die kräftige, braun-getigerte Katze auf Max` sündhaft teurem Sofa.

Nicht mehr allein?

Da musste sie auf einmal laut und schallend lachen, ging zu dem Tier hinüber und streichelte es. Immer wieder.

Bis sie von einem heftigen Weinkrampf geschüttelt wurde.

Nachdem sie ihren Tränen eine Weile freien Lauf gelassen hatte, gab sie sich einen Ruck, lockte die Katze mit etwas Futter auf die Terrasse, stellte den Fernseher an und legte sich aufs Sofa.

Es war schon kurz vor sieben, als sie aus einem bösen Traum erwachte.

185

Erik Laursen hatte an der Grenze gestanden und ihr die Einreise nach Dänemark verweigert. *Du passt nicht in meine Welt, Gesa, du würdest alles durcheinanderbringen*, hatte er gesagt. Wie damals vor vielen Jahren. Und dann hatte er ihren Kofferraum durchsucht und zwei grausam zugerichtete Robbenbabys entdeckt. Sie lagen im Wasser. Und Siris Katze leckte sich die Pfoten.

Das Jaulen kam vom Fernsehen her. Ein Werbespot für Hundefutter.

Hastig sprang sie auf, um nach der Fernbedienung zu greifen.

Schon war der Schwindel wieder da. Und die Erinnerung daran.

Enttäuscht von sich und ihrem Körper versuchte sie es noch einmal.

„Etwas Geduld musst du haben, Gesa", hatte der Arzt gesagt. „Keine hektischen Kopfbewegungen, nicht zu oft bücken in der ersten Zeit und die Übungen mindestens dreimal am Tag wiederholen."

Wie vom Schlag getroffen warf sie sich zur Seite und wartete zwei Minuten, bevor sie sich blitzschnell auf die andere Seite fallen ließ. Dann setzte sie sich langsam wieder auf die Bettkante, wartete und begann von vorn. Zwischendurch wurde ihr regelecht schwarz vor Augen.

Aber es schien zu helfen.

Ganz behutsam stand sie auf und schlurfte mit kleinen Schritten ins Bad. Wie eine alte Frau. Doch in die Dusche traute sie sich nicht hinein. Da war kein Haltegriff und auch kein Stuhl für sie. Die Haare konnte sie nicht waschen.

Auch auf die hochhackigen Silbersandaletten würde sie an diesem Abend verzichten müssen. Siris Hose passte ebenso gut zu den weißen Turnschuhen. Allerdings wirkte das weniger aufregend. Wie Lene sich wohl zurechtmachen würde?

Da hatte sie auf einmal Hunger. Ihr war, als hätte sie seit Tagen nichts gegessen.

Sie nahm es als ein gutes Zeichen.

Der Kühlschrank quoll über vor Lebensmitteln. Kein Wunder, da sie von den Vorräten, die sie für die Zwillinge eingekauft hatte, bisher kaum etwas gegessen hatte. Die vielen Milchprodukte und auch die Pommes frites und die Würstchen würde sie nicht mit nach Hause nehmen können. Vielleicht könnte sie Mads etwas davon anbieten, er würde noch eine Weile in Juelsminde bleiben.

Ja, sie hatte mächtig Hunger. Ihr war nach einem kräftigen Käsebrot mit einer Schicht Tomaten. Bis auf Høgs Feier konnte sie unmöglich warten.

Kaum hatte sie das Brot verschlungen, da meldete sich ihr Telefon.

Jan? Hoffentlich war nichts passiert.

49.

„Ist alles in Ordnung?“

„Sie haben zwei große Zelte aufgestellt.

Auf Jyttes Firmengelände.

Es gibt viel Prominenz.

Security und Polizei.“

Er redete so abgehackt.

„Wir bleiben noch bis Samstag in Århus.

Wir verstehen uns gut mit unseren Cousins.“

„Es sind Eriks Enkel, eure Neffen.“

„Jördis ist nicht mitgekommen.“

Hatte Liv sich also doch noch durchgesetzt.

„Vorhin hat es etwas Stress gegeben. Es ist alles geklärt, ich erzähle es dir nur, damit du es nicht von anderen erfährst.“

Stress?

Auf unsicheren Beinen ging sie auf die Terrasse hinaus. Auch die Hortensien hatte Karl zerstört.

„Rauchst du, Mama?“

Sie konnte die Zigarette kaum halten.

„Ja, eine nach dem Essen. Was ist passiert?“

„Felix und ich hatten kurz Ärger mit der Polizei. Sie
hatten einen Tipp bekommen und wollten uns mit
aufs Revier nehmen, weil wir Jyttes neue, weiße Villa

besprayt hätten. Vater war ganz blass. Doch dann haben zwei von Jyttes Mitarbeitern uns ein Alibi gegeben. Wir hatten die ganze Zeit hinten im kleinen Zelt mit ihnen Karten gespielt."

„Die neue, weiße Villa?"

„Ja, Vater wird nach Århus ziehen und dort mit Jytte leben." Er würde Kopenhagen verlassen? *Nur Erik besucht mich noch regelmäßig?* Dann wäre seine Mutter ganz allein.

Hektisch drückte sie die Zigarette aus.

„Was war da zu lesen an den Wänden dieser Villa?"

„ACAB in großen Buchstaben. Es war nicht professionell gesprayt."

„ACAB? Was heißt das?"

„All Cops are Bastards! Es kommt aus der linksautonomen Szene, du weißt schon, Hamburg, Berlin."

Das war nicht die Handschrift von Karl und Madeleine. Die waren zu alt dafür.

„Hattet ihr getrunken?"

„Alle hatten getrunken. Sie wissen noch nicht, wer es war."

Alle Polizisten sind Bastarde? Ja, Madeleines Plan war aufgegangen, wer immer ihr geholfen haben mochte.

„Ihr packt jetzt sofort eure Siebensachen, nehmt euch ein Taxi und kommt zu mir. Ich kann leider nicht so weit fahren, weil ich unter einer Schwindelattacke leide."

Mads? Der könnte fahren.

„Du redest schon wie *farmors* Quasimodo. So schnell räumen wir nicht das Feld. Das sind wir Vater schuldig."

„Quasimodo?"

„Ihr Diener Karl. Er schleicht hier schon die ganze Zeit herum und rennt uns hinterher. Er will, dass wir sofort verschwinden. Sogar ein Taxi hat er schon bestellt, das uns zu dir nach Juelsminde bringen soll."

Das wurde ja immer sonderbarer.

„Wir sehen uns übermorgen, Mama. Warte bitte einen Moment."

Das würde Felix sein.

„Erik Laursen hier!"

Erik hätte gereicht. Dennoch lief ihr beim Klang seiner sonoren Stimme ein kleiner Schauer über den Rücken. In diesen Mann hatte sie sich hoffnungslos verliebt damals in Brüssel als blutjunge Doktorandin.

„Bist du noch da, Gesa?"

„Herzlichen Glückwunsch, Erik."

„Ich danke dir. Du leidest unter Schwindel?"

Hatte er die ganze Zeit daneben gestanden?

„Es geht schon wieder."

„Ich kann die Zwillinge nicht wegschicken, gerade jetzt, wo sie sich mit meinen Enkeln etwas angefreundet haben. Das wäre auch Jytte nicht recht. Du brauchst sie nicht abzuholen, mein Fahrer wird sie Samstag nach Juelsminde bringen."

Noch hatte er nicht aufgelegt. Er räusperte sich.

„Weshalb hast du Felix dazu angestiftet, im Hause meiner Mutter herumzuschnüffeln?"

Sie schrak zusammen.

War ihr Sohn etwa so unbedacht gewesen, ihm das zu erzählen?

„Karl hat es mir berichtet. Willst du alles zerstören, Gesa?" Er hob die Stimme. „Halte dich da raus! Sonst wirst du mich kennenlernen!"

Fast wäre ihr das Telefon aus der Hand gefallen.

Das war eine klare Drohung und passte so gar nicht zu ihm. Gemeinhin war er ein ausgesprochen höflicher Mensch.

So hatte er in all den Jahren nur einmal mit ihr geredet, damals in Kopenhagen, als sie ihn vor dem Außenministerium abgepasst hatte. Da hatte er sie derart barsch zurechtgewiesen, dass sie, ohne ihm von ihrer Schwangerschaft erzählt zu haben, nach Barkenstedt zurückgekehrt war. Bis ins Mark getroffen!

„Wie redest du mit mir? Es geht um meine Söhne!"

Funkstille.

Am liebsten hätte sie sich jetzt besinnungslos betrunken!

Ein Räuspern! Er hatte das Gespräch noch gar nicht unterbrochen.

„Ich werde auf sie aufpassen, Gesa", lenkte er ein. „Dir gute Besserung. *Farvel!*"

Er liebte seine Söhne.

„Stopp, Erik!", konnte sie gerade noch rechtzeitig sagen. „Ist deine Mutter auch auf eurer Hochzeit?"

Wieder räusperte er sich. „Jytte war dann doch nicht einverstanden", sagte er und legte auf.

50.

Da sie keine rechte Lust mehr hatte, auf das Fest zu gehen, holte sie eine Flasche von Heinrichs teurem Weißburgunder aus dem Schuppen und suchte nach dem Korkenzieher. Der Glühwein, den sie am Sonntag geöffnet hatte, besaß einen Schraubverschluss, doch nach Glühwein war ihr nicht zumute.

Drüben im kleinen Haus gab es einen Korkenzieher.

Sie ließ es bleiben, denn der Wein war nicht gekühlt. Er würde ihr nicht schmecken.

Eine neue Nachricht von Siri war auf dem Smartphone gewesen, die hatte sie noch nicht gelesen. Sie hatte keine Lust mehr auf Marionetten, stellte den Fernseher an und suchte nach der Tagesschau.

Noch keine acht.

Um acht begann Pavels Lesung in Stockholm. Die Hochzeit war in vollem Gange. Auch im *Kystpavillon* und am Hafen wurde gefeiert. Es war ein schöner Sommerabend. Alle feierten.

Nur sie war außen vor.

Vielleicht sollte sie hier doch nicht so allein herumsitzen, nun, da der Schwindel fast vorüber war?

Lustlos nahm sie das Telefon mit nach draußen, setzte sich auf die Terrasse in Theresas neuen Gartenstuhl und öffnete Siris Nachricht.

Habe Pavels Vater Paul Richardsen eingeschaltet. Der ist verschwiegen, auch gegenüber seinem Bruder John. Er kennt den Nahen Osten und die richtigen Leute. Der Anhang ist nur für dich bestimmt.

Mit einem unguten Gefühl drückte sie auf Öffnen.

Der Reeder Leif Laursen ist während der Besatzung Dänemarks nicht von den Deutschen liquidiert worden. Er hat mit ihnen kollaboriert und mit seinen Schiffen, die unter fremder Flagge liefen, ein Vermögen gemacht. Das Baltikum, Polen, Norwegen, Leningrad. 1943 untergetaucht. 1956 in Uruguay gestorben. Dieser Anhang kann nur zweimal geöffnet werden und wird in Kürze erlöschen.

Fassungslos rannte sie ins Wohnzimmer und griff sich einen Bleistift und Papier.

Leif Laursen. Der Bruder von Eriks Vater. Kein Held. Ein Kriegsgewinnler! Erik hatte davon gewusst. Und Sven und Liv? Und Jytte? Und alle hatten geschwiegen? Da hatten gleich mehrere Familien einen Ruf und möglicherweise ein Vermögen zu verlieren.

Auch ihre Söhne waren ein Teil davon. Ein Teil dieser fremden Familie.

Willst du alles zerstören?

Ja, Erik hatte Angst, dass die Wahrheit nun doch noch ans Licht käme. Weshalb nur hatte er seine Familiengeschichte nicht früher ins Reine gebracht?

Sie rief sich zur Vernunft.

Irgendetwas stimmte nicht. Es passte nicht zusammen.

Dann öffnete sie die Mail ein zweites Mal und überlegte hin und her.

Erik Laursen und sein Vater Frederik hatten Staatsämter innegehabt, noch dazu war Erik jahrzehntelang für die NATO tätig gewesen. Die Dienste wussten ganz gewiss seit langem, was da im Krieg gewesen war, und hatten die beiden bestimmt dazu befragt.

Die Dienste hatten geschwiegen.

Und Erik hatte nie behauptet, dass sein Onkel im Widerstand gewesen sei.

Auch Madeleine hatte einiges zu verlieren.

Weshalb hatte die Frau die Wahrheit so verdreht und sie auf diese Fährte gelockt?

Abgrundtief böse?

Das galt nicht ihr. Das galt nicht Gesa Jakobsen, die war ihr keine Gegnerin. Es galt auch nicht den Zwillingen, die lebten nicht in Dänemark, und in Deutschland würde sich niemand für diese Geschichte interessieren.

Sie dachte an die neue, weiße Villa. Weit weg von Hellerup.

Was wollte Madeleine von ihr? Dass auch sie die Hochzeit in Århus störte? Mit dieser alten Geschichte? Erik war erst nach dem Krieg geboren. Die Dänen waren ein aufgeklärtes Volk, Sippenhaft gab es hier nicht.

Abrupt hielt sie inne. Beinahe hätte sie Eriks Nummer gewählt, um ihn vor seiner Mutter zu warnen.

Das alles ergab überhaupt keinen Sinn! Madeleine hatte unmöglich wissen können, dass Siri über so gute

Kontakte verfügte und sie, Gesa Jakobsen, bereits die Wahrheit kannte.

Die Frau war siebenundachtzig. Vielleicht lebte sie in ihrer eigenen Welt und zimmerte sich die Wirklichkeit zurecht. Eine demenzielle Störung? Woran genau erkannte man das?
Vielleicht hatte Madeleine auch gar kein Kind verloren in einem Rosenteich?
Die Frau war ganz bei sich gewesen, auch während ihres kleinen Vortrags, so souverän und völlig klar. Nein, diese Frau war nicht dement. Und sie wusste, dass Gesa einmal für Erik und die NATO gearbeitet hatte. Und darauf hatte sie gesetzt. Darauf, dass Gesa als Deutsche die Wahrheit ans Licht bringen würde, auch wenn sie damit alle anderen Laursens gegen sich und die Zwillinge aufbrachte. Liv hatte sie gewarnt. Hier ging es nicht um Kratzer im Lack.
Schon hätte sie sich wieder übergeben können. Nun hatte Madeleine auch sie missbraucht.
Und wieder wollten ihr die Tränen kommen.

Kurzentschlossen zog sie die Silbersandaletten an, holte eine Flasche Cognac und ein Pfund Bremer Kaffee aus dem Schuppen und machte sich auf den Weg zu Ludvig Høgs Geburtstagsfeier. Sie musste unter Leute!

51.

Bevor sie ausstieg, sah sie noch einmal auf ihr Smartphone. Der Anhang war verschwunden.

Sie atmete auf. Keine neue Hiobsbotschaft. Pavel hatte ihr geschrieben. Allerdings hatte seine Nachricht länger gebraucht als üblich.

Vielleicht gefällt dir auch dieses Lied? Indie-Pop. Independent. London. Es ist etwas jünger und aktueller und nicht so schräg wie meine Musik. Es hätte so gut gepasst, Gesa! Gleich nach der Lesung rufe ich dich an.

Nach Liedern war ihr nicht zumute.

Und tatsächlich war ihr Musikgeschmack irgendwo in den Neunzigern stehengeblieben. *The xx-Islands?* Von dieser Gruppe hatte sie nie gehört. Ab und zu schnappte sie etwas im Radio oder von Jakob oder den Zwillingen auf, doch deren Musik war ihr meistens zu laut.

Sie drücke auf den Pfeil und spielte das Video ab.

I am yours now.

Es war nicht nur der Titel. Auch nicht nur die Musik.

Es gefiel ihr. Sie spielte es ein zweites Mal. Es war so jung, und es war London.

Kalt lief es ihr den Rücken runter. Dass drei so junge Musiker so tief empfinden konnten. Wie Werther und

196

wie Jan. Und wie auch sie vor vielen Jahren, als Erik Laursen ihr begegnet war.

So wollte sie nie wieder lieben! So blind und tief wie damals!

Amerika war nie ihr Traum gewesen. Und Pavel war erst siebenundvierzig.

Und Kinder kannst du ohnehin nicht mehr bekommen.

Ja, seine Schweizer Ärzte hatten recht. Sie würde seine Sehnsüchte nicht stillen können.

Und auch nicht stillen wollen.

Drei Monate für die Liebe?

Und Sørensen, der Wikinger, der träumte vom Iran und einer Nebenfrau in Barkenstedt, die ihm gefällig war?

Die kleine Meerjungfrau hatte ihrem Prinzen alles geopfert. Sie war Gesa Jakobsen. Und das hier war kein Märchen.

Wie hatte sie sich nur so treiben lassen können!

52.

Mads und Lene tanzten so eng miteinander, dass es kaum mit anzusehen war.

Die Älteren saßen an Tischen und tranken.

„Skål, auf die Jäger! Hip hip hurra!"

„Auf dass wir sie abschießen, bevor sie die Grenze passieren!"

„Skål! Skål!"

Was ging hier vor?

Da kam auch schon Ludvig Høg auf sie zu, umarmte sie herzlich und führte sie an seinen Tisch.

„Gesa Jakobsen, die Frau meines verstorbenen Freundes Max Conradi. Einige von euch dürften sich an ihn erinnern."

Freundliches Nicken, man rückte zusammen, und schon hatte sie einen Schnaps in der Hand und saß inmitten der Menschen, die eben noch hatten schießen wollen.

„Skål, Gesa."

„Skål! Skål!"

„Ich verwalte ihre beiden Ferienhäuser in Juelsminde."

„Hört! Hört!", brüllte einer.

„Es ist alles ganz legal gelaufen, ohne Strohmann, Jens. Max' Mutter war Dänin und hat ihm die beiden Sommerhäuser vererbt."

Dieser Jens hatte offenbar bereits einiges getrunken.

„Viele unserer Landsleute würden es inzwischen begrüßen, wenn sie ihre alten Immobilien an Deutsche verkaufen könnten", setzte Høeg hinzu.

„Dann kaufen die Deutschen hier alles auf und betonieren uns zu wie Spanien", gab nun ein anderer zu bedenken.

Immer noch tanzten Mads und Lene miteinander. Ein schönes, nordisches Paar.

„Wir haben gerade etwas gelästert, Gesa", gestand die attraktive Frau, die neben ihr saß, mit einem vorsichtigen Lächeln ein. „Marie Hansen. Hoffentlich hast du uns nicht falsch verstanden. Es geht um Wildschweine."

Lachen am Tisch, und jetzt setzte auch sie ein Lächeln auf, ein etwas gequältes, da sie immer noch nicht wusste, worum es eigentlich ging.

Lenes Rock war nicht viel länger als ein Lendenschurz. Ja, sie passten gut zusammen, auch wenn sie dreizehn Jahre jünger war als er. Høgs Tochter würde sich nicht daran stören, dass er verheiratet war.

„Frederik Hansen aus Tønder. Nimm es uns nicht übel, Gesa, wir sind im Moment nicht gut zu sprechen auf die Deutschen. Nicht nur wegen ihrer Flüchtlingspolitik. Ich bin Schweinezüchter, und gerade vor ein paar Tagen ist wieder eine Rotte deutscher Wildschweine über unsere Maisfelder hergefallen."

„Bei uns sind sie so gut wie ausgerottet", erklärte seine Frau Marie. „Dänemark verkauft pro Jahr mehr als dreißig Millionen Schweine, ein wichtiger Wirtschaftszweig. Nicht auszudenken, wenn sie uns noch die Maul-und Klauenseuche oder gar die Afrikanische Schweinepest einschleppen würden."

Høg runzelte die Stirn.

„Wie wäre es mit einem saftigen Stück Schweinebraten samt krosser Kruste und jungen Kartoffeln, Gesa?", lachte er, stand auf und bat sie ans Buffet.

Vom Hummer war schon nichts mehr übrig, und das Grün der Algen und Salate drohte zu verblassen. Die kleinen dänischen Flaggen, die hier zu jedem Büffet gehörten, standen nun auf Kipp.

Doch es war noch reichlich da. *Rejer, sild*[21] *og laks og ål.* Schweinfleisch und Rinderbraten.

Ja, sie hatte Hunger.

Sie entschied sich für die Krabben und den Aal. Danach dann *lam* mit *svampe*[22]. Auch auf Remoulade, Zwiebelringe und ein Schälchen *rødgrød med fløde* würde sie an diesem Abend nicht verzichten.

Das würde ihre Leere füllen.

Und dann noch ein Stück Schimmelkäse. Mit einer Scheibe *rugbrød.*

Wozu gab es Aquavit!

Bevor sie mit dem Fischteller an ihren Tisch zurückging, blickte sie noch einmal auf die Tanzfläche. Mads und Lene waren verschwunden.

---

[21] dän.: Hering
[22] dän.: Pilze

Dabei rauchten die beiden doch gar nicht!

Jetzt brauchte sie noch vor dem Essen einen Schnaps.

53.

Inzwischen hatte Mads nahezu allen Damen im Saal die Ehre erwiesen, sogar Birgitta, ihrer Ärztin, die sich ebenfalls unter den Gästen befand.

Nur mit ihr hatte er noch nicht getanzt, und er war bisher auch nicht an ihren Tisch gekommen. Entweder hatte er sie nicht gesehen oder sie nicht sehen wollen.

Auch Lene war noch nicht an ihren Tisch gekommen.

Und Erik tanzte mit Jytte in Århus, und Jan und Felix waren dabei.

Der ältere Herr, der ihr gegenüber saß, bot ihr noch ein Glas Wasser an und nickte ihr freundlich zu, aber dann widmete er sich gleich wieder seinem Freund, dem Schweinezüchter.

Sie nahm ihr Smartphone aus der Tasche. Jakob war seit Montag im Harz und hatte sich während der ganzen Zeit nicht bei ihr gemeldet. Vielleicht gehörte das ja zum Erwachsenwerden dazu, aber wenn er gewollt hätte, hätte es sicher einen Weg gegeben, sie aus Braunlage anzurufen.

Und die Zwillinge hatten sich schon längst von ihr entfernt.

Vielleicht konnte sie Jan doch noch davon abbringen, sich so früh zu binden und womöglich ganz nach Island zu gehen. Was sollte sonst aus Felix werden?

Jetzt tanzten Høg und Birgitta fast so eng miteinander wie noch vor kurzem Mads und Lene.

Sollten sich da zwei vertraute Seelen gefunden haben?

Ludvigs Augen konnten gar nicht von der Ärztin lassen.

Ging da ein Märchen in Erfüllung?

Ihres war es nicht. Sie saß hier allein, ganz allein inmitten all dieser heiteren Menschen. Und Pavel las in Stockholm.

Die Sache mit Lene hatte sich indessen als harmlos erwiesen. Nach kurzer Zeit waren Mads und sie mit einem großen Karton zurückgekommen. Ein Geschenk für Ludvig Høg, ein batteriebetriebener Golf-Trolley aus Aluminium! Alle hatten zusammengelegt, damit er nach seiner schweren Krankheit endlich wieder spielen konnte. Der Trolley würde ihn entlasten. Er selbst wäre vermutlich nicht auf die Idee gekommen, sich ein so teures Spielzeug zuzulegen.

Gut gemacht, Lene!

„Dein Freund Mads Sørensen ist ein fast so guter Tänzer, wie er früher Handball gespielt hat", kam Marie Hansen zufrieden an den Tisch zurück. Sie hatte wunderschöne Beine. „Kennst du ihn aus seiner Zeit in Deutschland?"

„Er hat mir heute Nachmittag das Leben gerettet."

Das hatte einfach so herausgewollt? Jetzt nur nicht wieder weinen!

„Das warst du?" Hastig griff die Frau nach ihrem Wein. „Davon hat Ludvig uns gar nichts erzählt!"

Gesa senkte den Kopf. „Ich hatte ihn darum gebeten."

Vorsichtig berührte die andere ihren Arm. „Es ist noch gar nicht richtig bei dir angekommen, nicht wahr?"

„Ich glaube, das braucht Zeit, Marie."

Sie dachte an Siri, die nie wieder einen Fuß ins Wasser hatte setzen können.

„Es wird schon werden, Gesa."

Das hatte so geklungen, als wüsste Marie, wovon sie redete. Nun lächelte die Frau ihr wieder zu. „Hat Mads denn schon mit dir getanzt?"

Nein, jetzt nicht weinen!

„Er wird schon noch kommen", war die andere sich sicher. „Du siehst bezaubernd aus. Darf ich fragen, wo man so schöne Kleider kaufen kann?"

„Siri Mortensen."

„Die kleidet Königskinder ein. Das kann ich mir nicht leisten", entfuhr es der Dänin.

„Ich auch nicht", lächelte Gesa.

Dankbar, dass Marie dieses Thema gefunden hatte, deutete sie auf deren elegantes Kleid. „Ich glaube, wir haben einen ähnlichen Geschmack."

Die andere freute sich. „Aus dem Modehaus Juelsminde. Ein Schnäppchen. *Udsalg*."

„Da werde ich morgen auch vorbeischauen", sagte Gesa und nahm einen Schluck von ihrem Wein.

Udsalg. Ausverkauf. Das könnte sie ablenken. Vielleicht würde sie im Sportgeschäft auch das eine oder andere Teil für Jakob und die Zwillinge finden.

Und für sich einen neuen Badeanzug.

Gleich morgen, wenn viele Menschen am Strand waren, würde sie wieder eine Runde schwimmen. Ganz vorsichtig wie eine wasserscheue Frau. Nur keine Angst aufkommen lassen! Ihr Schwindel war vorbei.

„Ludvig hat erzählt, dass du eine Buchhandlung betreibst."

Diese Dänin verstand es, sie auf andere Gedanken zu bringen.

„Keine klassische Buchhandlung, Marie. Es ist eine bunte Mischung aus Schreibwaren, Zeitungen, Büchern und Geschenkartikeln. So ähnlich wie das Geschäft hier in Juelsminde."

„Du sprichst Dänisch wie eine Norwegerin. Wo hast du das gelernt?"

„Von meinem verstorbenen Mann."

Das war nicht die ganze Wahrheit.

„Darf ich dich um diesen Tanz bitten?"

Sie hatten ihn gar nicht kommen sehen.

Marie beugte sich zu ihr herüber. „Er ist betrunken und hat eine schlechte Bierweise."

Jens ließ sich nicht beirren. „Oder tanzt du nicht mit jedem?"

Sie war schon mit anderen Kalibern fertiggeworden auf den Feiern der Schützen in Barkenstedt.

„Einen Tanz, Jens!", wies sie ihn an. „Mehr macht mein Knie nicht mit."

Er hatte wirklich eine schlechte Bierweise. Immer wieder musste sie seine Hände von ihrem Hintern schieben, und nun wollte er auch noch ihre Brust befingern.

„Stell dich nicht so an, Gesa."

Wozu war sie bei Laursens Leuten in die Schule gegangen? Bei seiner nächsten Attacke würde sie ihm zeigen, wo es lang ging. Ein gezielter Griff und er würde jaulen und das Weite suchen.

„Du gestattest, Kumpel!"

Schon stand der Retter neben ihr. Sofort ließ Jens nun von ihr ab.

Jetzt konnte das Fest beginnen.

54.

Es war schon spät, die Party neigte sich dem Ende zu, und sie hatte viel zu viel getrunken.

Nun stand sie mit einigen anderen auf der Terrasse, rauchte eine Zigarette und merkte, dass ihr auch das nicht mehr bekam. Sie konnte sich kaum noch auf den Beinen halten. Hätte sie nur die flachen Schuhe angezogen.

Seit dem Vorfall mit Jens war Mads nicht von ihrer Seite gewichen. Lene mit dem Goldhaar hatte einen anderen Tänzer gefunden. Seit ihrer Scheidung vor sechs Jahren waren es einige gewesen.

„Alle mal herhören!"

„Kommt rein! Ludvig will noch einen Toast aussprechen."

Und schon gehorchten alle dem Kommando.

„Liebe Freunde! Ich mache es kurz. Nun bin ich siebzig geworden. Nach dem Tod meiner lieben Frau und nach meiner schweren Erkrankung vor drei Jahren hätte wohl niemand darauf gewettet, dass wir hier heute so vergnügt zusammenkommen würden. Vielleicht hat Birgitta ja recht, und es ist wirklich ein Wunder." Mit einem liebevollen Blick deutete er auf die Ärztin, die jetzt ganz nah an seiner Seite stand. Und dann zeigte er auf Mads und Gesa. „Auch diesen beiden ist heute ein Wunder widerfahren. Deshalb lasst uns für einen Moment die Gläser zur Seite stellen und gemeinsam einen Choral anstimmen. Danach halten wir für eine Minute inne und sprechen ein leises Gebet." So etwas hatte sie auf einer Party in Deutschland nie erlebt.

„Das ist auch bei uns nicht an der Tagesordnung", flüsterte Mads ihr ins Ohr, und es tat gut, als er während des Gesangs endlich nach ihrer Hand griff und sie dann gar nicht wieder losließ. Wie die meisten im Saal konnte auch er den Text des alten Kirchenliedes auswendig.

„Lasst uns noch einmal anstoßen und schnell noch etwas trinken", ergriff Høg nun wieder das Wort. „Last Order! Wir Älteren müssen ins Bett und die Jüngeren morgen zur Arbeit. Ich danke euch allen,

206

und ganz besonders meiner lieben Tochter Lene, dass ihr mir so ein schönes Fest bereitet habt."

Auf die letzten beiden Gläser Aquavit hätte sie besser verzichtet. Nun drehte sich wieder alles, und das kam nicht allein vom Schwindel.

Das waren mehr als 0,5 Promille.

„Gib mir den Autoschlüssel, ich fahre dich nach Hause."

Nein, das wollte sie nicht.

„Du hast doch selbst zu viel gehabt. Ich werde Lenes Schwägerin bitten, die war abstinent. Den Wagen lasse ich hier stehen."

„Nun gib mir schon den Schlüssel. Ich habe nur zwei Bier getrunken. Alles andere war alkoholfrei. Wenn ich im Training bin, trinke ich nicht. Schließlich will ich den JuelsmindeRun gewinnen."

„Du nimmst am Marathon teil, Mads?"

„Es ist nur ein Halbmarathon, Gesa! Ich laufe die 5,2 Kilometer Langstrecke, den Achtelmarathon", zwinkerte er ihr zu. So ganz nüchtern schien auch er nicht mehr zu sein.

Zögernd gab sie ihm die Schlüssel, wohl wissend, dass es nicht ganz ungefährlich war, was sie da gerade tat.

„Warte bitte draußen auf mich. Ich rauche noch eine Zigarette auf der Terrasse. Es muss nicht jeder gleich mitbekommen, dass ich zu dir ins Auto steige!"

Nun schaute er zu Boden. „Das wissen ohnehin schon alle. Auch Lene hat mir gratuliert."

„Bis gleich", sagte sie, ging hinaus auf die Terrasse und nahm ihr Telefon in Betrieb.

Eine neue Nachricht von Pavel.

Die Lesung war ein Erfolg. Mia und einige Londoner Freunde sind auch da. Die Schweden haben uns zum Essen eingeladen. Stockholm hat einiges zu bieten, auch viele Clubs mit Live-Musik. Schade, dass du nicht dabei sein kannst. Wie hat dir das Lied gefallen?

Ja, wie hatte ihr das Lied gefallen?

Auch viele Bars mit Live-Musik?

Hastig schrieb sie ihm zurück. Sie konnte kaum die richtigen Buchstaben finden. Sie waren viel zu klein.

Alles wunderbar, Pavel. Ich freue mich für dich.

Gerade wollte sie zum Parkplatz gehen, da stupste ihr jemand auf die Schulter.

„Vielleicht sollten Sie alleine nach Hause fahren und sich heute etwas schonen, Frau Doktor Jakobsen."

Sprach da ihr Gewissen?

Es war Birgitta, ihre Ärztin, die eine Zigarette in der Hand hielt. Auch sie war offensichtlich nicht mehr ganz nüchtern. „Was die Leidenschaft betrifft, habe ich Mads Sørensen wohl etwas unterschätzt. Ich hatte vorhin das Vergnügen, mit ihm zu tanzen. *Ha' det godt, Gesa.*"

55.

Irgendetwas war anders seit heute Nachmittag.

Nur einmal hatte er mit ihr getanzt. „Ein Salsa, Gesa, darf ich bitten." „Nein, Mads, das kann ich nicht." Er hatte fast so gut getanzt wie Max. Wie eine Elfe war sie in seinen Armen über das Parkett geschwebt. Vielleicht nicht ganz so schwerelos wie Lene, vom Schwindel keine Spur.

Und doch war es so anders gewesen als dieser eine Tanz in Barkenstedt. Es war, als hätte er sie nicht berührt.

„Es ist sehr spät geworden. Ich komm nicht mehr mit rein."

Immer noch stand er vor ihr mit ihrem Autoschlüssel in der Hand. Die zwei Kilometer bis zu seinem Haus würde er zu Fuß gehen. Am Strand entlang. Bei Sternenlicht und Mondenschein.

Ja, irgendwas war anders seit heut Nachmittag.

Nun räusperte er sich.

„Du wolltest mir noch etwas geben."

Sie runzelte die Stirn.

„Von deinen Vorräten, Gesa, damit ich morgen nicht verhungern muss."

Das hatte sie ganz vergessen. Erleichtert atmete sie auf.

„Entschuldige, Mads." Hektisch suchte sie nach ihrem Schlüssel, schloss auf und bat ihn kurz hinein. „Alles was du tragen kannst. Alles, was dein Herz begehrt", freute sie sich, während sie den Kühlschrank öffnete und ihm einen Baumwollbeutel reichte. „Die Zwillinge werden nur für ein paar Stunden in Juelsminde sein."

„Alles, was mein Herz begehrt?"

Sie zuckte zusammen.

„Ich weiß, dass du es mir nicht geben kannst. Ich habe euch gesehen, Gesa."

Der Joghurt fiel ihr aus der Hand und zerplatzte auf den teuren Terrakottafliesen.

„Gestern Abend, Gesa, in Glud beim Supermarkt. Ich kam gerade aus Snaptun zurück."

Was redete er da?

Siris schöne Hose! Hastig griff sie sich ein Küchentuch, beugte sich hinunter und spürte, wie ihr schwarz vor Augen wurde. Geistesgegenwärtig griff er zu und konnte sie gerade noch auffangen, bevor sie auf den Boden schlug.

Er war ihr Retter.

„Du bleibst hier sitzen", befahl er, während er sie vorsichtig zu dem Küchenstuhl führte. „Alkohol oder Schwindel?"

„Beides, Mads."

„Hast du keine anderen Schuhe?"

„Drüben in meinem Zimmer."

Freitag

56.

Endlich konnte sie wieder klar denken.

Er hatte sie gesehen. Vor dem Supermarkt in Glud, als jemand ihr die Autotür aufgehalten und einen Klapps auf den Hintern gegeben hatte. Sie hatte diese enge, teure Hose getragen, und der Mann war ganz in Blau gekleidet gewesen. Mit einer dunkel gerahmten Brille auf der Nase.

Er hatte ihn wiedererkannt in der Zeitung, die beim Arzt im Wartezimmer gelegen hatte. Paul Farkas. Kunstmuseum ARoS. Eine ganze Seite. Kulturhauptstadt Europas.

Da war es aus ihr herausgebrochen. Gerade noch rechtzeitig hatte er sie ins Bad geschafft, dann hatte er sie gehalten, und sie hatte sich übergeben und gewürgt wie zuletzt vor vierzehn Jahren, als sie mit Jakob schwanger gewesen war. Das ganze Essen war herausgekommen.

Er hatte daneben gestanden und sie gestützt.

Später hatte er sie ausgezogen, in die Dusche geführt und abgebraust. Es war ihr nicht einmal peinlich gewesen, fast so wie im Krankenhaus. Jeder Griff hatte gesessen.

„Woher kannst du das?"

„Afghanistan."

Die teure Hose und die neue weiße Bluse hatte er, ohne sie vorher abzuspülen, in die Wäschewanne geworfen.

„Kannst du dich allein anziehen?", hatte er gefragt und auf ihr seidenes Nachthemd gedeutet.

„Wenn ich sitze, müsste es gehen."

Und dann hatte er ihr noch eine Tasse Kamillentee ans Bett gebracht, Max` Foto und die Luther-Biografie auf das andere Nachtschränkchen gestellt und das Licht gelöscht.

Wie spät es wohl war?

Sie drückte auf den Wecker. Fast hätte sie die Tasse umgestoßen. Kurz nach drei. Sie machte Licht und trank den Tee in einem Zug aus. Er war nicht gesüßt.

„In diesem Zustand kann ich dich nicht allein lassen. Ich lege mich auf die Couch im *opholdsrum* und sehe mir Olympia an. Nun schlaf ein!"

Sie war froh gewesen, dass er bei ihr geblieben war, in dieser Nacht, in diesem viel zu großen Haus.

Sie war dann wohl bald eingeschlafen.

Kurz bevor sie aufgewacht war, hatte sie Geräusche gehört. Ihr Fenster stand auf Kipp. Ob da womöglich wieder jemand im Garten herumschlich?

Karl? Der war in Århus und sorgte sich um ihre Söhne.

Hoffentlich geschah nicht doch noch etwas Schlimmes.

Erik war da. Der würde seine Kinder beschützen, auch wenn er ihr vor kurzem noch gedroht hatte.

Und nun, da Mads bei ihr wachte, konnte auch ihr nichts mehr passieren.

Mads war bei ihr. Der ging nicht nach Amerika.

Langsam setzte sie sich auf. Der Schwindel war so gut wie weg. Und auch die Übelkeit.

Sie stand auf und ging ins Bad. Dass schon alles wieder sauber war, überraschte sie nicht sonderlich, sogar die Hose hatte er nun eingeweicht.

Was hatte er gesagt? Afghanistan? Er war Soldat gewesen? Und er lebte allein.

Leise öffnete sie den Wandschrank auf dem Flur und nahm eine wollene Decke heraus. Das Plaid im Wohnzimmer war zu kurz für ihn.

Ohne lange zu zögern, drückte sie die Klinke herunter und lugte in den *opholdsrum*. Da lag er, vollständig angekleidet in seiner Ausgehkluft, schlafend auf Max` Sofa, zu seinen Füßen die braun-getigerte Katze.

Der Fernseher lief. Ohne Ton.

Rio. Vierhundert Meter Hürden, Frauen Finale. In zehn Minuten begann der zweihundert Meter Lauf der Männer. Usain Bolt. Das würde er verpassen.

Auf Zehenspitzen ging sie zu ihm hinüber. Er hatte sie gerettet.

Sie blieb kurz vor ihm stehen.

Und auf einmal war da noch ein anderes Bild.

Wie in Trance zog sie ihr Nachthemd aus, legte sich zu ihm auf die Couch und begann ihn zu liebkosen.

„Willst du das wirklich, Gesa?"

Er hatte gar nicht geschlafen!

Und dann stöhnte er auf und packte sie.

57.

„Was hattest du erwartet, Gesa? Dass wir Gummibärchen zählen, wenn du zu mir ins Bett steigst?"
Seine Stimme klang viel zu laut, und die Tasche mit den Süßigkeiten stand noch immer auf dem Küchenstuhl.
„Ich war betrunken."
„Das warst du nicht! Und du hast kräftig mitgemacht."
Ja, sie hatte mitgemacht.
„Wundert dich das, Gesa, nach dem, was gestern Nachmittag geschehen ist?"
Nun war er richtig laut geworden. Sein Auge zuckte wie verrückt.
„Wundert dich das wirklich? Soll ich´s dir erklären!"
Und schon sprang er auf und verschwand über den Flur ins Bad. Nicht einmal die Tür zum *opholdsrum* hatte er geschlossen.
Die Liebe und der Tod.
Und dann hörte sie ihn duschen.
Mit der Hand vor dem Mund starrte sie auf die Katze, die vor dem kalten Ofen lag und wieder alles mitbekommen hatte.

Er duschte immer noch. Er hörte gar nicht wieder auf, ganz so, als hätte er sich wochenlang im Dreck gewälzt.

Und sie hatte mitgemacht.

Nun würde sie auch ihn verlieren.

Beschämt wie noch nie in ihrem Leben stand sie auf, zog ihr Nachthemd an und bückte sich, um seine Hose und sein Hemd vom Boden aufzuheben. Schon schoss es ihr in den Kopf, und alles drehte sich. Gerade noch rechtzeitig, ohne zu stürzen, erreichte sie die Couch.

Und wartete.

Immer noch wie erstarrt saß sie auf dem Sofa, als er in Max' Bademantel in den *opholdsrum* zurückkam, mit ihrem Morgenrock in seiner Hand.

Ja, sie würde ihn verlieren.

„Ich hoffe, dein Bruder hat nichts dagegen", deutete er auf den feingewirkten Frotteemantel, während er ihr den Morgenrock um die Schultern legte. „Es ist kühl hier."

Unschlüssig blieb er vor ihr stehen. „Was nun?"

Immer noch wartete sie.

Worauf?

„Sag etwas, Gesa."

Jeg vil have dig. Nun hatte er bekommen, was er wollte. Das ließ sich nicht so einfach wegduschen, auch nicht mit noch so heißem Wasser.

„Ich bin mir nicht mehr sicher, Gesa."

Sie horchte auf.

„Du wolltest es doch auch? Oder habe ich deine Zeichen falsch gedeutet?"

Was war da falsch zu deuten?

„Du hast so laut geschrien und mich geschlagen."

„Warum wohl, Mads?"

Sie senkte den Kopf. „Du hast mich nicht geschändet. Nein. Das hab ich ganz allein vollbracht."

Und dann musste es heraus. Wie wild begann sie auf die Couch hineinzudreschen.

„Dieses verfluchte Schandbett!"

Ungläubig schaute er sie an.

„Hast du hier auch mit ihm geschlafen?" Ganz ruhig hatte er gesprochen, während sie immer noch auf das Polster drosch.

„Nein, drüben im kleinen Haus", wimmerte sie. „Was macht das für einen Unterschied?"

Und dann holte er Luft, so tief von innen, dass es seinen Brustkorb fast zu sprengen drohte, atmete ganz langsam wieder aus, setzte sich neben sie und griff nach ihren Händen.

„Ganz ruhig, Gesa. Es ist spät geworden. Lass uns ins Bett gehen und noch etwas schlafen."

„Mir ist schon wieder schwindelig."

„Ich bringe dich nach nebenan. Beim Frühstück sehen wir weiter."

Ja, dann sehen wir weiter. Und dann fiel ihr noch etwas Wichtiges ein.

„Geh nach oben, Mads. Du musst hier nicht auf dem Sofa liegen. Auf der Galerie stehen die langen Betten von Jan und Felix. Einen Fernseher gibt es da auch."

58.

Er hatte *rundstykker* geholt, mit hellem und mit dunklem Mohn.

„Probier wenigstens ein Brötchen mit Marmelade. Du hast gestern Abend alles erbrochen."

„Ich könnte mich schon wieder übergeben."

Er war inzwischen zu Hause gewesen und sah jetzt ganz verändert aus, verändert und auch jünger. In schwarzer Jeans und schwarzem T-Shirt. Das stand ihm gut zu der gebräunten Haut und seinen hellen Haaren. Er hatte sich auch nicht rasiert. Verwegen wie ein Wikinger! Verwegen und auch kampfbereit. Was da wohl auf sie zukam?

„Hast du die Übungen gemacht?"

„Noch schlagen sie nicht richtig an. Immerhin konnte ich schon allein aufstehen und ins Bad gehen. Nur die Haare konnte ich mir nicht waschen. Ich sehe schrecklich aus."

„Ich helfe dir nachher. Nun iss."

Und dann schmierte sie sich ein Brötchen mit Himbeermarmelade und biss vorsichtig hinein.

Es schmeckte. Und ihr Magen rebellierte auch nicht mehr.

„Kannst du dich inzwischen wieder erinnern?"

Beschämt sah sie auf ihren Teller. „Oh Mads."

„Das meine ich nicht, Gesa." Auch er wich ihrem Blick aus. „Darüber sprechen wir später. Ich meine gestern Nachmittag?"

Sie seufzte. „Ich weiß nicht, Mads."

Ob sie ihm erzählen sollte, dass sie bereits am Sonntag wie ein Stein ins Wasser gefallen war?

„Ich glaube, es war nicht nur der Krampf. Der Schwindel war schon vorher da."

„Dann lag es nicht an den Delfinen?"

„Ich weiß es nicht. Ich erinnere mich an etwas Glitschiges. Es war wohl kein Stück Holz, das mich getroffen hat. Da war ich schon am Kämpfen mit dem Meer. Und dann bist du gekommen."

Nun lächelte er vor sich hin.

Sein Auge war jetzt völlig ruhig.

Sie goss sich noch etwas Wasser ein. „Sobald die ersten Leute am Strand sind, werde ich ein kleines Bad nehmen."

„Ist das nicht noch zu früh?"

„Das Meer war immer gut zu mir."

Er runzelte die Stirn. „Ich werde dich begleiten."

Endlich sah er sie wieder an, doch als sie seinen Blick erwidern wollte, drehte er den Kopf zur Anrichte.

„Fast hätte ich es vergessen", sagte er, ging hinüber und griff noch einmal in den Brötchenbeutel.

„Das *Extrablatt*. Die Schneiderin und ihre Puppen prangen auf der Titelseite", sagte er mit einem süffisanten Lächeln, während er ihr die Zeitung reichte und auf Siris Portrait deutete. „Die Kommentare sind ausgesprochen wohlwollend. Unser Nationalmärchen. Ich hätte nicht gedacht, dass die Boulevardpresse es so einfach hinnehmen würde."

„Danke, Mads. Ich lese es mir nachher in Ruhe durch." Sie freute sich für Siri. Und für die Mädchen in Oman.

Er räusperte sich. „Das andere stand bereits gestern in der Zeitung."

„Ich weiß."

„Es war auch ein Foto von euch dabei. Aus der Mapplethorpe-Ausstellung."

Ein Foto?

„Der Autor und die geheimnisvolle Norwegerin. In der Mapplethorpe-Ausstellung. Er hat dir einen Kuss gegeben. Wann hast du beschlossen, zu seiner Lesung zu fahren."

„Mittwochvormittag, ich wollte gerade los zum Golfplatz. Da lag im kleinen Hause eine persönliche Einladung zu seiner Lesung. Er wusste nichts davon. Siri Mortensen ist die Frau seiner Schwester. Die beiden haben es eingefädelt, um ihn davon abzubringen, nach Amerika zu gehen."

„Du kanntest ihn von früher?"

Was hatte er geglaubt?

„Ich bin ihm einmal in Prag begegnet. Vor vielen Jahren."

Für einen Moment verstummte er und starrte aus dem Fenster.

„Farkas hat einiges durchgemacht. Fast so wie sein Kommissar."

Sie nickte.

„Auch du hast es nicht immer leicht gehabt."

Worauf wollte er hinaus?

„Er ist ein Mann der Luft. Ich bin ein Mann der Erde."

So einfach war das nicht.

„Er hat dir keine Chance gelassen, seinem Sog zu widerstehen."

„Nein, Mads, ich wollte diesen Sog."

„Wann seht ihr euch wieder?"

„Er wird nach Amerika gehen mit seinen beiden kleinen Töchtern. Ohne mich."

„Wann seht ihr euch wieder?"

„Vielleicht noch einmal Mittwoch. Amsterdam."

Die Sache mit Pavel würde nicht mehr funktionieren, das spürte sie irgendwie.

Mads zog die Stirn in Falten.

„Und Prag und Budapest."

„Das wird nicht funktionieren, Gesa, nicht mehr nach dem, was heute Nacht geschehen ist. Nachdem dein Körper so zu mir gesprochen hat." Er schüttelte den Kopf. „Ich mag deine Kinder und deinen Vater und auch Barkenstedt. Ich wollte mich nicht in dich verlieben. Das passte nicht in mein Konzept. Nein, das war es nicht, was ich wollte." So tief hatte er ihr noch nie in die Augen gesehen. Meertief. „Gestern Nachmittag, Gesa. Und Palsgaard. Vielleicht sogar schon Barkenstedt."

Was redete er da?

„Nicht Barkenstedt. Das hätte ich gespürt."

„Einmal nur auf dem Frühlingsfest am Weserhang habe ich dich in meinen Armen gehalten. Ein einziger Tanz. Schon stand die nackte Angst in deinen Augen, und die Sehnsucht war verschwunden. Ich wusste es zunächst nicht recht zu deuten."

Er hielt kurz inne.

„War das Liebe?" Jetzt strich er über ihre blauen Flecken am Hals und auch am Oberarm. „Was außer Händchenhalten, Gesa, habt ihr beide je gemeinsam durchgestanden?"

„Woher willst du das wissen?"

„Zweimal im Monat Manchester mit etwas Sex und Literatur. Das war es, was du wolltest."

„Und du? Sechsmal im Jahr nach Teheran?"

„Ich hatte mich längst von ihr getrennt, sonst hätte ich niemals etwas mit dir angefangen."

Und wieder senkte sie den Kopf.

„So schnell kann ich ihn nicht vergessen, Mads."

„Du willst zu wenig, Gesa!"

„Die vielen Enttäuschungen." Und die vielen tiefen Wunden. „Das wollte ich nicht noch einmal."

„Und nun?"

Sie sank in sich zusammen.

„Ja, nun ist es passiert. Und nun wirst du nach Katar gehen."

„Das werde ich nicht tun."

„Sei froh, dass es herauskommt. Du hast dem Tod ins Auge geschaut."

Sie griff nach ihrer Serviette und wischte sich die Tränen ab.

„Nicht nur dem Tod, Mads."

So zärtlich hatte er sie noch nie geküsst, so sanft noch nie gehalten.

„Weshalb hast du dich zu mir ins Bett gelegt?", wollte er nun doch noch von ihr wissen.

„Ich wollte dir nur eine größere Decke bringen."

„Und?"

Sie zögerte.

Er küsste ihren Nacken.

„Ich sah dich da liegen und war auf einmal so gerührt."

Da war noch ein anderes Bild gewesen, das hatte sich darübergelegt. Mads und sie im Alter. Unter einer Decke. Beim Mittagsschlaf auf dieser selben Couch. Sie wirkten so zufrieden und lächelten sich an.

„Und dann?"

„Das weiß ich nicht mehr so genau. Ich weiß nur, ich wollte dich nicht verlieren."

„Du konntest nicht wissen, wie ich reagiere."

„Es war fast wie in Trance."

„Ich bin es leid, alleine durch die Welt zu ziehen, Gesa", sagte er. Und dann führte er sie die steile Treppe hinauf zur Galerie.

59.

Sie fühlte sich wie neugeboren. Nun schmeckte auch das Frühstück.

„Ich könnte Bäume ausreißen, Gesa!"

„Nur zu, die Hecke muss geschnitten werden." Sie gab ihm einen Stups und lachte.

Er stimmte in ihr Lachen ein und nahm sich noch eine Portion Rühreier mit Speck. „Darf ich dir auch noch etwas auftun? Es ist dir wunderbar gelungen."

„Ich muss auf meine Linie achten, Mads, ich bin eine Frau."

„Das kann man wohl sagen", meinte er zufrieden.

Aber etwas lag ihr noch am Herzen. Sie fürchtete die Antwort.

„Und wenn ich nicht zu dir gekommen wäre in der letzten Nacht?"

„Dann wäre ich zu dir gekommen. Vielleicht nicht gleich in dieser Nacht, aber auch nicht sehr viel später. Schon kurze Zeit, nachdem ich dich kennengelernt hatte, war ich mir ziemlich sicher, dass es funktionieren könnte mit uns beiden. Sonst hätt` ich mich nicht so weit vorgewagt."

„Und warum hast du dann zunächst gezögert?"

„Du warst noch nicht so weit. Ich hatte Angst, es zu verderben. Und ich wusste auch nicht richtig einzuschätzen, wie du auf meine familiäre Situation und meine Pläne, noch einmal als Trainer zu arbeiten, reagieren würdest."

„Ja, Mads", gestand sie ein. „Ich habe etwas länger gebraucht."

Er legte sein Besteck zur Seite und fuhr ihr flapsig durch das ungewaschene Haar. „Aber nun, da ich sie einmal aus dem Wasser gefischt habe, werde ich die Meerjungfrau auch behalten. Sogar mit dieser Frisur."

„Vier Jahre, das ist eine lange Zeit. Bis meine Tochter vierzehn ist. Willst du wirklich so lange warten?"

„Jetzt bin auch ich mir sicher. Wann hast du mit deiner Familie geredet?"

„Im Frühsommer, als ich in Teheran war." Er sah auf seinen Teller. „Es hatte nicht nur mit dir zu tun, Gesa. Meine Frau Nasrin arbeitet an einem Institut für Lehrerinnenausbildung und wird in Kürze eine leitende Funktion im iranischen Schulministerium übernehmen. Es geht um die Einführung weiterer Fremdsprachen an den Schulen, neben Englisch und Arabisch. Sie hat schon lange anderes im Kopf als mich."

Wenn er sich da nur nicht täuschte.

„Ich habe mich mit meinem Schwiegervater auf einen Kompromiss geeinigt."

Davon hatte er ihr bisher nichts erzählt.

„Das iranische Scheidungsrecht ist Mannesrecht." Er spielte nervös mit seinen Fingern. „Aber da ich kein Iraner bin, wird es wohl darauf hinauslaufen, dass

Nasrins Vater das Sorgerecht für die Kinder erhält. Er wird uns bei Gericht unterstützen, so dass ich weiterhin nach Teheran reisen kann. Allerdings unter der Bedingung, dass wir noch vier Jahre warten, bis unsere Tochter vierzehn ist. Meine Schwiegermutter hat darauf bestanden. Ich habe mich bereit erklärt, eine höhere Mahr zu zahlen als ursprünglich vereinbart."

Eine höhere Brautgabe? Das könnte teuer werden und seine finanziellen Möglichkeiten als Sportdozent womöglich überschreiten. Wollte er deshalb noch einmal als Trainer arbeiten?

„Wenn unsere Tochter vierzehn ist, darf sie mich allein in Köln besuchen, auch für längere Zeit. Hoffentlich ist es dann noch nicht zu spät. Sie halten nicht viel von dieser alten, geschichtsträchtigen Stadt und auch nicht viel von Kopenhagen. Nun ja, es ist nicht ihre Geschichte, und ihre Kultur ist wesentlich älter."

„Was ist mit deinem Sohn?"

„Ich werde ihn besuchen können."

Sie wagte nicht, ihn anzuschauen.

„Das alles kommt für mich nicht überraschend, Gesa. Auch ich habe mich beraten lassen. Mehr war nicht durchzusetzen."

Ohne sie anzusehen, stand er auf und ging zum Kühlschrank hinüber. „Nasrin und ihr Vater setzen inzwischen ganz auf eine Öffnung des Iran, obwohl noch längst nicht alle Sanktionen aufgehoben sind und die Revolutionswächter immer noch kräftig mitmischen. Ich gehe kurz in den Schuppen und hole uns noch eine Flasche Wasser."

Es war noch reichlich im Kühlschrank.

Bis seine Tochter vierzehn war, würde er verheiratet bleiben und regelmäßig in den Iran reisen. Sie legte ihr Brötchen zur Seite. Und wenn Nasrin dann wieder vor ihm stand? Vielleicht sogar ein drittes Kind?

Er hatte sich entschieden. Er war nicht Erik Laursen.

Als er mit zwei übergroßen Flaschen Mineralwasser aus dem Schuppen zurückkam, fiel sein Blick kurz auf die kleine Treppe, die zur Galerie führte, und augenblicklich entspannten sich seine Züge.

Mit ruhiger Hand schenkte er sich ein Glas von dem ungekühlten Wasser ein und zwinkerte ihr wieder zu.

Was war das für ein Zwinkern?

„Ich werde noch einmal als Trainer arbeiten, inzwischen fühle ich mich wieder fit genug dafür. Ich denke an Frankreich oder Ungarn. Das ist nicht ganz so aus der Welt wie Katar." Er griff nach ihrer Hand und streichelte sie zärtlich. „Du wirst mein fester Hafen sein, mein Ankerplatz in Barkenstedt. Wir werden uns häufig sehen, so oft es nur irgendwie geht. Zum Glück weiß ich dich gut aufgehoben bei deiner Familie und auch in deinem Geschäft."

Mit Frankreich oder Ungarn könnte sie leben, auch wenn es nicht die ideale Lösung war. Er war nun einmal Trainer.

„Auch dein Vater glaubt, dass es funktionieren könnte. Ich habe noch einmal mit ihm gesprochen."

Schon wollte sie ihre Hand zurückziehen, ließ es dann aber sein.

„Wann?"

„Gleich Mittwochvormittag, nachdem ich am Abend zu feige gewesen war, dich zu lieben, und du Hals über Kopf nach Hause geradelt bist."

Gleich Mittwochmorgen? Und abends hatte er sie mit Pavel gesehen.

„Er hat mir klipp und klar zu verstehen gegeben, dass deine Geduld nicht unendlich ist. Und Katar komme für dich nicht infrage. Es sei jetzt an der Zeit, dir ein vernünftiges Angebot zu unterbreiten und nicht noch länger zu zögern. Sonst würde er dir einen Mann in Bremen suchen, einen, der garantiert nichts mit Dänemark zu tun habe, hat er auf seine trockene Art hinzugefügt. Zwei Stunden Flug, das würde gehen. Seinen Segen hätten wir."

„Das ist ja wie im Mittelalter", lachte sie und drückte seine Hand.

„Das sind Klischeevorstellungen, Gesa. Schon damals haben viele Frauen ein Wörtchen mitgeredet."

„Und all die leeren Nächte, Mads?"

Nun setzte er ein Grinsen auf. „Auch du hast einen anstrengenden Beruf. Da bist du abends müde. Außerdem -"

„Ja?"

„Wir können telefonieren."

Jetzt lächelten sie beide. Noch einmal sah er zur Treppe hinüber. „Morgen fährst du zurück nach Barkenstedt. Ich müsste jetzt noch einmal für zwei Stunden weg, und danach hätte ich Zeit. Hast du heute noch etwas Besonderes vor, Gesa?"

„Nicht, dass ich wüsste, Mads."

60.

Nachdem sie den Tisch abgeräumt und das Bad sau-
bergemacht hatte, fühlte sie sich schon wieder etwas
schwindelig. Die Haare würde sie sich allein nicht waschen können. Sie sah zur Galerie hinauf und lächelte.
Felix' Bett würde sie erst am nächsten Morgen frisch
beziehen.

Inzwischen war auch der Schornsteinfeger dagewesen,
und sie hatte Zeit, bis Mads zurückkam.

Wozu gab es Friseure!

Sie dachte an die nette Asiatin, die ihren Laden gleich
neben den Sozialblocks hatte, das war nicht weit vom
Svanevænget. Sie würde mit dem Auto fahren, aufs
Fahrrad traute sie sich nicht hinauf. Vielleicht konnte
die Frau ihr auch ohne Termin die Haare waschen,
und zur Not gab es noch andere Salons am Ort.

Kurzentschlossen machte sie sich urlaubsfein und
steckte die dicke Luther-Biografie in ihre Tasche. Über
die Einleitung war sie inzwischen hinausgekommen.
Die Autorin verstand es, ihre Leser zu fesseln und
immer wieder mit interessanten Fakten über Luthers
Persönlichkeit zu überraschen. Aber etwas mehr Zeit
und Ruhe brauchte man schon dafür.

Die Friseurin erinnerte sich sofort an sie, obwohl sie schon seit zwei Jahren nicht mehr bei ihr im Salon gewesen war. Es hatte zeitlich nicht gepasst.

„Då ferie in Juelsminde? Hvor er min lille kæreste?" [23]

„Mein jüngster Sohn ist dieses Mal nicht mitgekommen. Er musste schon wieder zur Schule."

Jakob hatte hier früher bei schlechtem Wetter die dänischen Kindercomics lesen und Haare zusammenfegen dürfen. Die Frau hatte ihn auf Anhieb ins Herz geschlossen, und natürlich bekam auch Gesa sofort einen Termin, obwohl die andere bereits zwei Kundinnen bediente.

Einen Moment würde es dauern.

Zufrieden setzte sie sich an den kleinen, runden Tisch und nahm sich eines der bunten Blättchen. Vielleicht würde sie darin sogar etwas über Siri Mortensen finden.

Schon war die eine Kundin fertig, die andere hatte bereits Farbe auf dem Kopf.

Gesa lugte in einen der großen Spiegel. Ja, ihre Haare sahen schrecklich aus. Zu Høgs Feier hatte sie sie noch einigermaßen zurechtfönen können. Jetzt klebten sie ihr regelrecht am Kopf.

Es war nicht nur das Salzwasser gewesen. Und wieder lächelte sie in sich hinein.

Sie nahm ihr Smartphone aus der Tasche und sah sich noch einmal das Foto an, das Siri am Dienstag von ihr aufgenommen hatte, nach ihrer Verwandlung,

---

[23] dän.: Im Urlaub in Juelsminde? Wo ist mein kleiner Schatz?

Irgendwie kam sie sich fremd vor. Sie wirkte auch nicht jünger. Sie wirkte fremd und kühl.

Es passte nicht zu ihr. Und es passte auch nicht nach Barkenstedt, obwohl dort viele modebewusste Frauen lebten, im Speckgürtel von Bremen.

Schon stand die Friseurin neben ihr und schaute auf den kleinen Bildschirm. „London oder New York!", meinte sie mit einem anerkennenden Lächeln.

Nachdem Gesa ihr erklärt hatte, dass sie nicht zufrieden sei mit der Frisur, freute sich die Frau. „Die Farbe tut nicht viel für dich, und grau werden wir ohnehin."

Und dann verpasste die Meisterin ihr in Windeseile einen anderen Schnitt. Als dann auch im Handumdrehen die neuen Strähnen in Alufolie verpackt waren, lachten sie miteinander wie zwei junge Mädchen, die gerade etwas ausgeheckt hatten.

Nun konnte sie sich ganz auf die bunten Blätter konzentrieren. Das Luther-Jahr begann erst im Oktober, bis dahin war noch etwas Zeit.

Die meisten Prominenten, die ihr aus dieser dänischen Illustrierten entgegenblickten, waren ihr völlig unbekannt. Rasch nahm sie sich ein anderes Blatt. Ein ganzes Heft zum Königshaus! Und königliche Roben.

Prinzessin Mary von Dänemark galt inzwischen nicht nur als tüchtige Kronprinzessin, sondern auch als Mode-Ikone. Die hier abgebildeten Kleider stammten allesamt von dänischen Designern und bestachen durch ihren royalen Chic. Von Siri Mortensen war nichts dabei.

Die Königin selbst war eine Künstlerin und sehr beliebt im Volk.

Immer noch gab es in den meisten alten Demokratien Europas Königshäuser, und die Bürger waren zufrieden damit.

Dann stutzte sie. Eine Ehekrise? Sogar von Trennung war die Rede? Vermutlich reine Spekulation! Und wenn tatsächlich etwas daran wäre, würde die kluge Königin gewiss einen Weg finden, alles wieder ins rechte Lot zu bringen.

Ein Schmunzeln fuhr ihr übers Gesicht. Sprach da die Politologin aus ihr?

Sie nahm sich ein Sudoku vor und brauchte nicht lange dafür. Mit Zahlen kannte sie sich aus. Ihr Vater war Steuerberater gewesen, sie hatte viel gelernt von ihm.

Ihr Vater war ein aufgeklärter Mann und hatte viel Humor. Nun hatte er sein Ziel erreicht und sie und Mads zusammengebracht.

Sie würde ihn in diesem Glauben lassen.

Ja, dieses Mal hatte das Schicksal es endlich wieder einmal gut gemeint mit ihr. Sie atmete wie befreit.

Jetzt würde vieles anders werden. Die langen, dunklen Winternächte, in denen sie sich sonst in ihrer Bücherwelt verkrochen hatte, um mehr vom Leben zu spüren, würden nun nicht mehr so kalt und leer sein. Auch wenn Mads nicht an ihrer Seite lag.

Sie würde weiterhin viel lesen, aber es würden andere Bücher sein als in den letzten Jahren.

Sie blätterte ein Stückchen weiter.
Bist du eine gute Mutter?

Ein kleiner Test? Leider fehlte ihr die Zeit dafür. Die Farbe brauchte nur noch drei Minuten.

Sie dachte an ihre Söhne.

Schnell blätterte sie bis zum Ende des Tests. Einige der Tipps gefielen ihr.

Einer stach ihr ins Auge:

Verwöhne deine Kinder nicht und verkneife dir die Schuldgefühle! Kinder vertrauen ihren Eltern und nehmen nicht so schnell etwas übel.

Schon klingelte die kleine Uhr auf der Ablage vor dem Spiegel. Schmunzelnd legte sie die Illustrierte aus der Hand, ohne den Artikel zu Ende gelesen zu haben. Das mit den Schuldgefühlen würde sie sich merken!

Dann setzte sie die Lesebrille ab und wartete mit Spannung auf das Ergebnis dieser Sitzung.

61.

Er hatte warme Leberpastete geholt von *Brugsen* und frischen Kaffee gekocht. Er wartete bereits auf sie. Der Fernseher lief. Nachberichte von der Olympiade. Nun kniff er die Augen zusammen. Erst schaute er auf ihren kurzen, blauen Rock und dann auf ihre Haare.

„Was ist passiert? Du siehst um Jahre jünger aus. Auch jünger als in Barkenstedt."

„Ich bin in einen Jungbrunnen gefallen", sagte sie, während sie die Einkaufstüten abstellte und sich zu ihm an den Tisch setzte.

Er schmunzelte in sich hinein und sah zur Treppe hinüber. „Auch ich habe eine gute Nachricht. Lene hat nun doch ein anderes Sommerhaus für meine Schwester gefunden, nicht weit von hier in der Poppelallee. Auch dieses Haus steht zum Verkauf an, ist aber wesentlich besser in Schuss als die alte Hütte in As Vig. Von da aus können sie zu Fuß ins Zentrum und in den Hafen gehen. Ich habe ihnen kurz beim Umzug geholfen, und nun sind sie schon dabei, sauberzumachen und sich einzurichten. Jetzt sind sie zufrieden. Du hast eingekauft, Gesa?"

„Ich war noch im Sportgeschäft in der Odelsgade. Es ist *udsalg*, Mads, da habe ich den Jungs ein paar T-Shirts gekauft, schicke, schwarze Shirts. Die waren im Angebot. Und mir einen neuen Badeanzug."

Er grinste. „Den würde ich gerne mal sehen!"

„Seit wann interessieren sich Männer für Mode?", warf sie ihm hin und nahm das Teil aus der Tüte.

„Praktisch", sagte er, als sie ihm den schmucklosen, dunkelblauen Schwimmanzug vor die Nase hielt.

„Was hattest du erwartet, Mads? Ich brauche ihn für die Wintersaison im Hallenbad."

Dann griff sie in die andere Tüte und nahm vorsichtig die Puppe heraus.

„*En marionet?*"

„Eine Marionette, Mads. Ein Gelehrter mit Brille und Buch. Ist er nicht wunderschön. Er lag im Fenster eines Antik-Ladens, den ich bisher noch gar nicht kannte."

Er zog die Stirn in Falten. „Ich halte nicht viel von Marionetten."

„Er ist für das Schaufenster meines Geschäfts bestimmt. Wir werden ihm einen Namen geben. Leider haben sich die Fäden etwas vertüdelt. Aber das lässt sich sicher lösen."

„Nun ja", lenkte er ein. „Mit viel Geduld. Und zu einer Buchhandlung passt er. Noch eine Tasse Kaffee, Gesa?"

„Gerne."

„Hast du für mich auch etwas mitgebracht?"

Sie schaute auf seine muskulösen Arme.

„Ich kannte deine Größe nicht, sonst hätt` ich auch dir noch ein T-Shirt gekauft."

Er sah an sich hinunter und dann zur Treppe hinauf. „Das magst du lieber als ein Polo-Hemd?"

„Ich mag es jünger und wilder!"

Sie saßen über Eck am Tisch. Er rückte seinen Stuhl ein Stückchen näher. „Lass uns die Sache wissenschaftlich angehen, Gesa. Auch dir dürfte bekannt sein, dass die sexuelle Anziehung zwischen Mann und Frau, man könnte auch Verliebtheit sagen, nach zwei bis maximal drei Jahren nachlässt. In der ersten Zeit denkt man immer nur an das eine. So wie auch ich jetzt gerade wieder, obwohl ich dich vor nicht einmal drei Stunden in meinen Armen gehalten habe. Je schneller wir beginnen, desto früher können wir uns wieder ganz auf unsere Berufe konzentrieren." Nun strich er über ihre frisch bemalten Lippen.

„Ich gehe davon aus, dass das nur Durchschnittswerte sind", gab sie ihm keck zurück. Sie freute sich, dass er auf diese Weise um sie warb. Das hätte sie ihm gar nicht zugetraut.

„Das Dopamin-System lässt sich nicht überstrapazieren. Wenn man getrennt lebt, kann man es etwas länger überlisten."

„Wie interessant, Herr Sportdozent." Sie legte ihren Kopf zurück und fuhr sich lässig durch das Haar.

„Ich könnte noch etwas deutlicher werden, Gesa." Inzwischen hatte sie die Flip-Flops abgestreift und legte einen Fuß auf seinen Oberschenkel.

„Am Abend vor einem wichtigen Handballspiel, das eine Kombination aus Schnellkraft und Ausdauer erfordert, würde ich meinen Männern den Sex verbieten. Ohne Sex sind sie viel aggressiver, Gesa. Bogenschützen hingegen, die eine ruhige Hand brauchen, könnten vom Beischlaf profitieren."

Er sah auf ihren Fuß.

„Was ist mit einem Achtelmarathon, 5,2 km Langlauf?"

„Auch da gilt vor dem Wettkampf strikte Abstinenz. Sonst kann ich am Schluss nicht spurten."

Genüsslich lehnte er sich auf dem Stuhl zurück. Ja, dieses Spiel gefiel auch ihr. „Dann weiß ich ja Bescheid. Du hast uns etwas zu essen mitgebracht?"

Der Kühlschrank quoll über von Lebensmitteln.

„Warme Leberpastete, mein Leibgericht. Kannst du dich damit anfreunden?" Nun griff er ihren Fuß und führte ihn dorthin, wo er ihn haben wollte.

„Es ist auch eines meiner Leibgerichte, Mads."

„Da haben wir ja noch etwas gemeinsam."

Und wieder sah er zur Treppe hinauf, drückte ihren Fuß und schob ihn vorsichtig zurück.

„Bevor wir oben das Hauptgericht nehmen, gönn mir hier unten einen kleinen Happen." Schon zog er sie auf seinen Schoß und ließ die Hände unter ihren Pulli gleiten. „Dein Rock hat einen Dehn-Bund."

„Deshalb habe ich ihn angezogen."

„Für eine Buchhandlung ist dieser blaue Rock zu kurz."

„Er ist für einen anderen Zweck bestimmt", flüsterte sie und stöhnte auf. Und dann flüsterte er ihr etwas ins Ohr, und sie errötete.

In diesem Moment erklang ein vorsichtiges Räuspern im Raum.

„Entschuldigung, ich wollte euch nicht stören."

62.

„Die Zwillinge zeigen Jytte eure Bucht."

Das war das erste, was Erik Laursen nun sagte, und sie konnte wieder atmen.

Er konnte sich trotz Krücke kaum auf den Beinen halten und schien um Jahre gealtert.

Sein Blick fiel auf die Couch und die zeitlos schönen Stühle von Arne Jacobsen, auf das Regal von Jytte Laursen und Theresas Aquarelle.

„Ein heller Ort, so lichtdurchflutet."

Ein angedeuteter militärischer Gruß. Schon war Mads an seiner Seite, nahm ihm die Krücke ab und rückte einen Stuhl zurecht.

Die beiden kannten sich?

Immer noch fand sie keine Worte.

„Darf ich dir einen Kaffee anbieten, Erik? Gesa ist etwas schwindelig."

„Danke, Mads. Ich freue mich, dich hier zu sehen. Die Zwillinge haben viel von dir erzählt."

„Ich gehe dann nach draußen. Die Hecke muss geschnitten werden."

63.

„Entschuldige, die Tür stand offen, und eine Klingel gab es nicht."

„Was ist mit deinem Bein?"

„Ein Tangentialschuss in den linken Oberschenkel, ein Streifschuss, das ist nicht weiter schlimm. Ich habe etwas Blut verloren. Jytte fährt mich zurück ins Krankenhaus nach Århus. Ich wollte dir die beiden persönlich vorbeibringen, Gesa. Ich stehe tief in deiner Schuld. Ich habe viel zu lange geschwiegen."

Noch wusste sie nicht, was vorgefallen war, schon kroch die böse Ahnung in ihr hoch. Sie hatte ihr Glück gefunden in Dänemark. Was war der Preis dafür?

„Ich muss sofort zum Strand."

Sie griff nach seiner Krücke.

„Du kannst kaum stehen. Die beiden sind so weit in Ordnung. Bitte setzt dich wieder hin. Ich muss mit dir allein reden!"

„Was ist geschehen?"

„Über Leif Laursen bist du informiert."

Er wusste es bereits? Hätte sie nur nicht daran gerührt.

„Du müsstest wissen, wie das läuft. Du hast einmal für uns gearbeitet. Ich habe nie behauptet, dass er im Widerstand gewesen sei."

Immer noch konnte er ihr nicht in die Augen sehen.

„Jan hat eine Radialfraktur des linken Arms. Er wird bald wieder Handball spielen können. Felix steht etwas unter Schock. Die beiden möchten heute noch mit dir nach Hause fahren zu ihrem Großvater und ihrem kleinen Bruder nach Barkenstedt. Sie sind erschöpft und auch noch nicht ganz ausgenüchtert. Sie sehen schrecklich aus und haben sich auch nicht rasiert. Drei Stunden Schlaf, dann wird es gehen."

Fassungslos starrte sie ihn an. *Drei Stunden Schlaf, dann wird es gehen?* Anscheinend stand auch er noch unter Schock.

„Traust du dir das zu, Gesa. In deinem Zustand?"

Sie nickte. Er war bereits rasiert. Den starken Bartwuchs hatten sie von ihm geerbt.

Er zögerte. „Vielleicht kann Mads euch fahren?"

„Ja.".

„Madeleine hat ihren Fahrer damit beauftragt, einen Schlägertrupp zusammenzustellen und mir und unseren Söhnen einen kleinen Denkzettel zu verpassen. Die Laursen-Männer hätten das verdient. Allesamt. Auch Leif und Frederik. Und Jytte ebenfalls. Auch du habest sie verraten. Sie habe es ernst gemeint mit der Versöhnung."

„Ich habe ihr geglaubt."

„Vielleicht hat sie es selbst geglaubt. Karl hat zunächst nicht richtig eingeschätzt, wie weit sie gehen würde."

Snedronningen.

Sie fühlte sich wie benommen. Kopfschüttelnd deutete sie auf sein verletztes Bein. „Wie haben sie es angestellt?"

„Unter einem Vorwand haben sie mich und die Zwillinge nach draußen gelockt, auf die Straße vor Jyttes Villa. Du würdest dort Theater machen, weil du mit unserer Hochzeit nicht einverstanden seist, und habest gedroht, die Feier aufzumischen."

„Sie ist wahnsinnig!"

„Ja, sie ist psychisch krank. Wahrscheinlich schon länger. Jytte sieht das anders. Sie meint, Madeleine sei asozial und kriminell und gehöre ins Gefängnis."

„So könnte man es auch sehen."

„Es war schon weit nach Mitternacht und stockdunkel. Zum Glück ist Jytte nicht mit rausgegangen. Und dann ging alles ganz schnell. Die Sache ist aus dem Ruder gelaufen. Karl hat in letzter Minute das Schlimmste zu verhindern gewusst mit einer alten Pistole meines Vaters. Alle sind nur leicht verletzt, und meine Mutter ist jetzt erst einmal in der Psychiatrie. Sie wollte niemanden töten."

Sie hatte es billigend in Kauf genommen.

Er zögerte. „Es wird noch eine Untersuchung geben und vermutlich auch einen Prozess."

Ungläubig starrte sie ihn an. „Du wusstest, dass sie nicht einverstanden war mit eurer Hochzeit. Wir hätten ein Kind verlieren können, Erik. Weißt du, was das bedeutet?"

„Was glaubst du, weshalb ich hergekommen bin! Glaub mir, sie wollte niemanden töten. Und der Presse hat sie nichts gesteckt."

Wie konnte er nur so reden?

Obwohl er schon seit Jahren nicht mehr rauchte, griff er in seine Anzugtasche und nahm ein Zigarillo heraus. „Eins hat Jytte mir erlaubt. Du gestattest?"

Sie schob ihm ihre Untertasse hin, *Royal Copenhagen, Flora Danica,* stand langsam auf und holte ihre Zigaretten und das silberne Feuerzeug, das er ihr vor achtundzwanzig Jahren geschenkt hatte, aus der obersten Schublade der Regalwand, die seine Frau entworfen hatte. JYL.DK.

Seine Finger zitterten so sehr, dass sie ihm das Feuerzeug gleich wieder aus der Hand nahm. Auch ihre Finger bebten.

„Mein Bruder Sven und ich waren dabei, als unser Vater sich 1956 erschossen hat."

„1956?"

Der alte Laursen war erst seit knapp zehn Jahren tot. Hochbetagt im Bett gestorben.

„Leif Laursen war unser Vater. Er hat, wie viele andere auch, in den ersten Jahren des Krieges Geschäfte mit den Nazis gemacht. Gute Geschäfte. 1943 hat er sich nach Uruguay abgesetzt. Meine Mutter war die Tochter einer verarmten baltischen Adeligen, die vor den Russen geflohen war. Madeleine war erst vierzehn, als ich geboren wurde, und hat sich wenig um uns gekümmert."

Ein Kind mit vierzehn? Vielleicht mit dreizehn schon empfangen? In Südamerika?

Und später dann in Dänemark? Da hatte das nicht mehr gepasst. Nicht in diesen Kreisen. Da hatten sie sie ein paar Jahre älter gemacht.

„Anfang 1956 ist unser Vater erkrankt. Mit wasserdichten Dokumenten, die uns als Familie seines Bruders Frederik ausgaben, und seinem eigenen Totenschein ist er mit uns nach Hellerup zurückgekehrt und hat sich dort im Garten seines Elternhauses gerichtet."

Er hatte es mit angesehen?

„Frederik war eingeweiht?"

„Ich weiß es nicht. Auch er war oft in Südamerika gewesen."

Das alles schien fast über seine Kräfte zu gehen.

„Du musst nicht weitererzählen, Erik. Du musst ins Krankenhaus zurück!"

Dankbar nickte er ihr zu und zog an seinem Zigarillo.

„Schenk mir bitte noch eine Tasse Kaffee ein. Ich muss das hier zu Ende bringen."

Nun sah er auf das silberne Feuerzeug und ihre blauen Flecken. „Auch ich habe dich einmal begehrt, Gesa. Die kleine Wohnung in der Südstadt von Hannover mit dem schiefen Fenstergriff."

Sie hatte ihn geliebt.

„Mein Vater hatte seinem Bruder das Versprechen abgenommen, auf uns achtzugeben, wir seien gute Kinder. Nachdem er sich unter einer alten Platane, seinem Lieblingsplatz im Garten, erschossen hatte, haben Karl und Frederik ihn dort in Hellerup begraben."

Er starrte ins Leere.

„Madeleine hat sich dann bald zu Frederik ins Bett gelegt. Zehn Monate nach dem Tod unseres leiblichen Vaters wurden die Zwillinge geboren. Lone und Lars. Die beiden hat sie mehr geliebt als uns."

„Zwillinge?"

Sie konnte es nicht fassen.

„Ja, Gesa, ich weiß, dass es ein Fehler war, unsere Söhne zu ihr nach Hellerup zu lassen. Madeleine hat immer wieder mich und meinen Bruder Sven dafür verantwortlich gemacht, dass Lars in unserem Rosenteich ertrunken ist."

„Und?"

Er zog die Stirn in Falten.

„Vielleicht hätten wir es verhindern können? Unsere Mutter und die Zwillinge hatten eine Sommergrippe. Das Kindermädchen war mit Lone im Haus. Es war ein heißer Tag. Madeleine lag mit Lars auf einer Decke unter der Platane. Sie ist dann wohl etwas eingenickt. Wir haben unten im Garten Fußball gespielt. Es war ein Unglück, Gesa. Ich dachte, sie hätte es längst verarbeitet."

Am liebsten wäre sie jetzt weggelaufen.

„Ein Unglück, Erik?", entfuhr es ihr, und er zuckte zusammen. „Sie hatte auf ihn achten müssen", setzte sie leise hinzu.

„Das war's, was ich dir sagen musste, Gesa."

64.

„Wissen die Jungs Bescheid?", fand sie schließlich
wieder Worte.

„Ja, sie wissen alles. Sie werden noch einmal eine Aus-
sage machen müssen. Das andere werden sie bald von
sich abstreifen. Sie sind taffe Kerle. Über Leif werden
sie schweigen. Es geht niemanden etwas an, dass er
unser leiblicher Vater war. Und Madeleine hat der
Presse nichts gesteckt."

So einfach stellte er sich das vor?

„Wissen wenigstens die Behörden Bescheid?"

„Dass er mit den Nazis kollaboriert hat, ist ihnen seit
Jahren bekannt. Dass er unser Vater war, wissen sie
nicht. Die Papiere waren gut gemacht. Wem außer der
Presse würde es nutzen, das nach so langer Zeit zu
erfahren?"

„Es wäre die Wahrheit."

„Frederik hat uns schützen wollen."

Sie schluckte.

„Und deine Mutter?"

„Sie hat mir leidgetan. Sie war so jung, als ich geboren
wurde. Sven und ich waren die meiste Zeit im Inter-
nat."

Dann stand er langsam auf, stützte sich mit einer Hand am Tisch und sah sie fragend an.

„Sag etwas, Gesa, damit ich damit leben kann."

Und die Zwillinge? Wie sollten sie damit zurechtkommen?

Inzwischen war auch sie aufgestanden.

Nein, es war nicht an ihr und auch nicht an der Zeit, ihm Vorwürfe zu machen. Er hatte genug zu tragen.

„Und eure Hochzeitsreise nach Neuseeland?"

Da lächelte der große, schlanke Mann mit den feinen aristokratischen Zügen. Jetzt wirkte er auch wieder jünger, und sein Gesicht nahm Farbe an. Er konnte schon wieder alleine stehen.

„Das eilt nicht, Gesa. Das hat Zeit."

Er zuckte sein iPhone und wählte eine Nummer.

„Jetzt können wir zurückfahren."

Noch einmal räusperte er sich.

„Du bist eine tüchtige Frau und eine gute Mutter. Ich bin stolz auf dich und unsere Söhne." Er griff nach seiner Krücke. „Nun siehst du mich ganz anders an als früher, ganz so, als wäre ich schon ein alter Mann?"

Verlegen senkte sie den Blick.

„Übrigens eine gute Wahl, unser Mads Sørensen."

Sie spürte, wie sie errötete.

„Auch er hat für die Königin gearbeitet. Ein guter Spieler und ein noch besserer Trainer."

„Woher kennst du ihn?"

„In Dänemark kennt jeder jeden. Ich bin ihm einmal auf einem Empfang begegnet. Auf einem Empfang der Königin."

Er schien zu überlegen.

„Ich habe mich über ihn erkundigt, Gesa."

„Du hast in seinem Leben herumgeschnüffelt?"

„Es geht auch meine Söhne an. Es heißt, er wolle noch einmal als Trainer arbeiten?"

„Du brauchst nicht lange darum herumzureden, Erik. Ich weiß von seiner Familie."

„Und damit kannst du leben?"

„Ja, damit muss ich leben. Was ist mit Afghanistan?"

Er sah zu Boden und schwieg.

„ISAF? Enduring Freedom? Er spricht Farsi!", hakte sie nach. „Bitte, Erik?"

„Das ist lange her." Er schien mit sich zu ringen. „Er spricht fließend Farsi, war aber nie als Kämpfer dort, sondern als Betreuer eines Sportprojektes. Und manchmal hat er übersetzt. Vor drei Jahren haben sie ihn für eine besondere Mission noch einmal reaktiviert. Zunächst lief alles wie geplant, doch dann gab es einen Zwischenfall mit einer Sprengstoff-Falle, einer IED. Einer seiner Begleiter wurde getötet, und er selbst hätte fast sein Augenlicht verloren. Nach seiner Genesung haben sie ihn dann an die Sporthochschule nach Köln zurückgeschickt. Er hat einen Eid geleistet, Gesa. Ja, diese Auskunft war ich dir noch schuldig."

Auch er hatte einen Eid geleistet.

„Bevor du gehst, Erik, lass uns noch einen Termin vereinbaren. Wir beide müssen unbedingt gemeinsam mit unseren Söhnen reden."

„Ja, Gesa, sobald ich von meiner Hochzeitsreise zurück bin."

65.

Mads saß am Steuer. Er würde sie und die Zwillinge nach Barkenstedt bringen und am Sonntag mit der Bahn zurück nach Kolding fahren.

E 45. Später Freitagnachmittag und dichter Wochenendverkehr.

Das Korn war abgeerntet. Die ersten Stoppelfelder umgepflügt. Ihr Urlaub war vorbei.

Vorhin, als Mads noch kurz bei Emma gewesen war, um ihr die Lebensmittel vorbeizubringen, hatte sie noch einmal nach den Zwillingen gesehen. Auf Zehenspitzen war sie die Treppe hinaufgeschlichen, und da hatte Jan an Felix' Bett gesessen mit dem Rücken zu ihr. „Wein doch nicht, Felix", hatte er seinen Bruder zu trösten versucht. „Mach ich doch gar nicht", hatte dieser geantwortet. „Jetzt lass mich weiter schlafen."

Da waren auch ihr wieder die Tränen gekommen.

Diese beiden waren nicht allein.

An Madeleine Laursen wollte sie nicht denken.

Als die Zwillinge dann geschlafen hatten, war sie noch einmal in die kleine Bucht gegangen, Max' Bucht, und hinuntergestiegen ins Meer, um Abschied zu nehmen.

Dieses Mal hatte sie es bei ein paar zaghaften Schwimmzügen bewenden lassen, den Hals gereckt, den Kopf, wie viele Frauen es taten, stets oberhalb des Wassers. Das Meer war wie versöhnt gewesen, so mild und weich, und hatte ihrem müden Körper wohlgetan. Sanft aus der Tiefe hatte es gesprochen.

Und dann hatte sie emporgesehen in den Himmel, aber da war keine *rosenrote Wolke* gewesen und auch keine Meerjungfrau.

Obwohl die Sonne schien und es auch schon recht warm gewesen war, hatte sie den hochgeschlossenen, dunkelbauen Pulli angezogen und statt der Shorts die Jeans gewählt. Sie hatte Farbe bekommen in dieser kurzen Woche am Meer und sah erholter aus, als sie sich fühlte.

Bis Vejle war es still gewesen. Sie hatte noch einen letzten Blick aufs Meer geworfen, und dann hatte auch sie mit dem Smartphone hantiert.

Weit hinter der Brücke überm Fjord brach Mads das Schweigen.

„Ab Mittwoch gibt es eine Hitzewelle mit über dreißig Grad."

„Das ist nicht gut für deinen Marathon."

„Solche Temperaturen bin ich gewohnt, Gesa, und ganz so heiß wie in Barkenstedt wird es in Juelsminde vermutlich nicht werden. Vorhin war der Schornsteinfeger in der Gegend, habt ihr ihn noch gesehen, Jungs?"

Immer noch keine Reaktion?

Gleich nach der Steigung hinter Kolding schon der erste Stau.

Bei diesem Verkehrsaufkommen würde es dauern bis Hamburg, geschweige denn bis auf die andere Seite des Elbtunnels, und sie war froh, dass sie nicht fahren musste mit ihrem Schwindel, der immer noch nicht ganz abgeklungen war.

„Ich werde noch einmal als Trainer oder Sportlicher Berater arbeiten", versuchte Mads es noch einmal, die beiden zum Reden zu bringen.

„Und was wird dann aus Mutter?", kam es spontan von hinten.

Sie war gerührt. „Mads wird seine Wohnung in Köln behalten. Wir werden vorerst nicht zusammenziehen", entschloss sie sich, ihnen gleich einen Teil der Wahrheit zu erzählen. Die beiden waren alt genug dafür.

„Ich wohne in Köln-Lindenthal, nicht weit vom Müngersdorfer Stadion. Wart ihr schon einmal im Römisch-Germanischen Museum oder im Kolumba, dem Kunstmuseum des Erzbistums Köln?"

„Wir waren einmal zum Fußball da", sagte Jan. „Dreieinhalb Stunden mit dem Zug aus Barkenstedt. Das war gut an einem Tag zu schaffen."

„Wir werden auch in absehbarer Zeit nicht heiraten", setzte sie hinzu.

Da war es wieder still.

„Hast du deshalb in meinem Bett geschlafen, Mads?"
Die Hitze stieg ihr in den Kopf.

„Das habe ich nicht gehört, Felix!"

„Entschuldige, Mutter."

„Dann bleibt ja alles beim Alten", meinte Jan.

„Das sehe ich ganz anders", widersprach ihm Mads und blinzelte ihr zu.

Der Stau war weg. Nun ging es doch voran.

„Weißt du schon, welcher Verein es werden wird?", meldete sich Felix etwas kleinlaut zu Wort.

„Entscheiden wird sich das erst nach der Handball-WM im Januar in Frankreich. Eure Mutter wird mich dorthin begleiten."

„Davon weiß ich nichts."

„Wann hätte ich es dir sagen sollen, Gesa?" Er sah zu ihr hinüber und strich ihr zärtlich übers Haar. „Paris, Nantes, Rouen. Hättest du Lust?"

Lächelnd legte er seine Hand auf ihren Oberschenkel.

„Der Weihnachtstrubel ist dann längst vorbei, Mama, und in der Buchhandlung ist wenig los."

Paris im Winter? Sie war schon lange nicht mehr dort gewesen. Paris mit Mads. Wohl ohne *Bateau Mouche*.

„Vorausgesetzt ich muss nicht alle Spiele gucken." Sie drückte seine Hand.

„Wie kannst du nur so reden, Mama."

„Das könnte noch Probleme geben", gab Mads zu bedenken, und auf einmal lachten sie alle miteinander.

66.

Es ging dann doch recht flott voran, trotz Tempolimits auf der Autobahn.

Christiansfeld, wo Emma und ihre Familie zu Hause waren, hatten sie bereits passiert.

„Möchtet ihr eine Banane essen oder einen Apfel?", wandte sie sich an ihre Söhne.

„Wir haben die ganzen Pommes aufgegessen, Mama, das reicht für mehrere Tage."

„Großvater hat für morgen Abend einen Tisch bei unserem Lieblingsitaliener am Weserhang bestellt. Jakob freut sich schon darauf. Bei diesem Wetter können wir draußen auf der Terrasse sitzen, mit Blick auf den Fluss und die Marsch. Was gibt es Schöneres."

„Mir ist der Appetit vergangen", meinte Jan. „Es werden auch Bekannte da sein und mich fragen, was geschehen ist. Mit einem Arm kann ich nicht richtig essen."

„Aber mit dem Smartphone spielen", warf sein Bruder ein.

„Willst du dich die nächsten drei Wochen, bis ihr nach England geht, verkriechen?", wollte Mads nun von ihm wissen. „Nicht immer reicht die Wahrheit. Gibt es in Reykjavik keine Arbeitsunfälle, weder im Hafen noch in der Fischfabrik? Und auch keine Fouls beim Handball?"

„Ich bin ihr voll auf den Leim gegangen!", brach es plötzlich aus Felix heraus. „Hätte ich nur meinen Mund gehalten und ihr nichts von Jördis erzählt. Vielleicht hätten ihre Schläger dann wenigstens Jan verschont. Er hat so geschrien. Und Vater hat gewimmert wie eine Hasenklage. Es war furchtbar. Das werde ich nie vergessen."

Bestürzt drehte sie sich zu ihm hin und fasste seine Hand.

„Auch ich habe mich in ihr getäuscht, Felix. Dich trifft keine Schuld. Das darfst du dir nicht einreden. Vaters Wunde und Jans Arm werden heilen. Und sie ist endlich weggesperrt."

„Ihr müsst euch dringend Hilfe suchen, Jungs. Ich glaube, allein werdet ihr damit nicht fertig."

„Vielleicht sind wir ja genauso widerstandsfähig wie unser Vater. Trotz allem, was er mitgemacht hat, hat er nie eine posttraumatische Belastungsstörung entwickelt. Das nennt man Resilienz. Eine solche Veranlagung vererbt sich."

Diese Besserwisser! Was wussten sie vom Leben?

„Aber ich!", entfuhr es ihr. „Ich hatte einmal eine depressive Störung, Jan. Das hatte mit eurem Vater zu tun! Die Hälfte der Gene habt ihr von mir!"

„Ganz ruhig, Gesa", sagte Mads und griff nach ihrer Hand. „Auch deine Nerven liegen blank."

„Nein, Mads, lass mich darüber sprechen, die beiden sind jetzt alt genug dafür." Sie holte ganz tief Luft. „Die Depression ging schnell vorüber, aber nahezu mein halbes Leben habe ich gebraucht, um mich endgültig von eurem Vater zu lösen."

Mads räusperte sich.

„Und immer hatte ich Angst, ich könnte euch an ihn verlieren. Ihr wart jedes Mal so bockig, wenn ihr aus Dänemark zurückkamt. Ihr wart zu dritt, und ich war ganz allein. Dabei hatte er so wenig Zeit für euch."

Er hatte viel zu lange weggesehen und viel zu lange geschwiegen. Und seine Söhne sollten weiter schweigen?

Sie atmete zu schnell.

„Wir haben nie gemeinsam mit dir und Vater am Küchentisch diskutieren können. Und du hattest auch nicht immer Zeit für uns."

„Das lag an meiner Arbeit. Aber es war immer jemand für euch da."

Jan ließ nicht locker. „Und jetzt?"

Sie sah zu Mads hinüber.

„Ja, jetzt ist einiges anders", sagte sie leise. „Das macht es um vieles leichter."

„Hast du alles mit angesehen, Felix?"

„Ja, Mads, obwohl es dunkel war. Einer hat mich gehalten und mir gedroht, als nächster sei ich dran."

„Die Bilder werden bleiben. Das gilt auch für euch beide. Wenn ihr euch professionelle Hilfe holt, werdet ihr lernen, damit umzugehen. Alleine kommt ihr da nicht heraus. Ich weiß, wovon ich rede."

„Dein Auge?"

„Ja, es hat damit zu tun. Sobald wir in Barkenstedt sind, werde ich euch ein paar Adressen geben, eine davon aus Bremen-Oberneuland."

War er deshalb im Frühjahr in Bremen gewesen?

Er stellte das Radio an. Miles Davis.

Nein, nichts war gut. Das würde lange, lange brauchen.

67.

Sønderborg, Mads' Heimatstadt. Jetzt war es nicht mehr weit zur Grenze, und auf deutscher Seite würde nicht kontrolliert werden.

„Die Deutschen lassen jeden rein", sagte Mads.

„Euer Großvater wird nun doch bei uns in der Buchhandlung lesen", wandte sie sich an die Zwillinge.

„Kennt ihr noch ein Gedicht von Klaus Groth. Oder seid ihr zu cool dafür?", wollte Mads nun von den beiden wissen.

„*Matten Has*", kam es von hinten.

„Ich kenne noch ein anderes Gedicht von ihm. Da geht es um Wehmut und Verlust", bemerkte Mads.

Und dann trug er die erste Strophe vor, ganz leise mit seiner kräftigen Trainerstimme und seinem dänischen Akzent:

„Ik wull, wi weern noch kleen, Jehann,
Do weer de Welt so grot!

Wi seten op den Steen, Jehann,
Weest noch? bi Nawers Sot[24]."

Es ging ihr durch Mark und Bein.

„Das hat Großvater uns auch beigebracht, aber das ist schon lange her", kam es zögernd von Jan zurück.

„Ich hatte zwar keinen Bruder, aber einen guten Freund", sagte Mads.

Ob er ihr irgendwann erzählen würde von Afghanistan?

Sie machte weiter mit der zweiten Strophe.

„An Heben seil de stille Maan[25],
Wi segen, wa he leep,
Un snacken, wa de Himmel hoch
Un wa de Sot wul deep."

„In diesen schnellen Zeiten kann einem manchmal angst und bange werden. Daher die große Sehnsucht nach einem Stückchen Heimat, Jungs. Und sei es in der Sprache. Lyrik hilft, nicht wahr, Gesa? Auch deshalb schreiben Männer Songs."

Er hatte ihr noch nie ein Lied geschickt. „Auch Frauen schreiben Songs."

„Wir kennen es auswendig", meldete sich nun Felix zu Wort. „Großvater hat gesagt, es habe mit uns zu tun.

Weest noch, wi still dat weer, Jehann?
Dar röhr keen Blatt an Bom."

Nun traute sich auch sein Bruder.

„So is dat nu ni mehr, Jehann,
As höchstens noch in Drom."

Schweigen.

---

[24] nd: Nachbars Brunnen
[25] nd: Mond

„Ein Hammertext, Mutter", meinte Felix schließlich.

Ja, so war das nun nicht mehr. Jetzt waren ihre beiden Söhne erbarmungslos ins Leben geworfen worden.

„Könntest du nicht etwas länger in Barkenstedt bleiben, Mads? Auch Großvater und Jakob würden sich freuen."

„Ich komme übernächste Woche. Ich muss für einen Marathon trainieren."

„Das kannst du auch bei uns", beharrte Felix.

Wieder war es einen Moment still.

„Vielleicht bis Dienstagabend, Gesa?"

Am Mittwoch las Pavel in Amsterdam.

Gleich nachdem sie aus der Bucht zurückgekommen war, hatte sie ihn angerufen. Er war bereits wieder in Kopenhagen gewesen und wusste von seinem Onkel, was auf der Hochzeit vorgefallen war. Nein, sie würden sich nicht treffen in Amsterdam, aber vielleicht schon bald in Wien und Budapest. Und eine Mail und einen Song pro Tag.

„Und wenn da noch ein anderer wäre?", hatte sie gefragt.

Sie hatte tief in sich hineingehört, und anders als vor vierzehn Jahren hatte sie ihn dieses Mal nicht weiter im Ungewissen gelassen, sondern ihm erzählt, was vorgefallen war im Wasser und mit Mads.

„So schnell, Gesa?"

Da war es eine Weile still gewesen.

„Ich glaube, ich kann es verstehen", hatte er schließlich gemeint.

Und dann hatte er mit fester Stimme hinzugefügt: „Auch wir sind Liebende, Gesa. Auch das ist Fakt."
Da war es so heftig aus ihr herausgebrochen, dass Jan von der offenen Galerie nach unten geeilt war. Um sich zu rasieren.
„Weinst du wegen uns, Mutter?"
„Ja." Auch wegen euch.

„Du könntest auch bis Freitag bleiben. Das kleine Haus ist frei", schaltete sich nun wieder Felix ein. „Ich habe nachgesehen. Die nächsten Radler kommen erst am anderen Wochenende, *morfar*[26] hat bis dahin nichts geblockt. Wir könnten Olympia gucken. Und du könntest deinen Freund besuchen."
„Bis Donnerstag, Mads. Ich bitte dich darum."
„Und dein Termin am Mittwoch?"
„Das habe ich bereits geklärt."

Inzwischen waren sie in Ellund angekommen. Auf ihrer Seite der Autobahn gab es, anders als bei der Einreise nach Dänemark, keinen Stau.
Getuschel auf den hinteren Rängen.
Sie wusste, was nun kommen würde.
„Hörst du das auch, Mama?"
Natürlich hatte sie es längst gehört. Das Kratzen und Miauen unter ihrem Sitz.
„Sie lag bereits im Kofferraum. Auf deinem Beauty-Case, Gesa."
Nicht mehr allein?
„Du hast sie mitgenommen?"

---

[26] dän.: Großvater mütterlicherseits

Ganz langsam, damit der Schwindel nicht gleich wiederkam, beugte sie sich nach unten. Und schon lag die weiche, braun-getigerte Katze auf ihren Schoß. Jetzt brauchte sie keinen Hund mehr.

„Unsere Mutter mag keine Katzen."

„Da hatte ich einen anderen Eindruck, Jan."

„Kommst du zu unserer Verlobung nach Reykjavik?"

„Tut mir leid. Im Dezember habe ich im Iran zu tun. Ich bin dort auch zur Yalda-Nacht eingeladen, zur Wintersonnenwende, der längsten Nacht des Jahres. Es ist fast so wie Weihnachten."

„Du scheinst viel rumzukommen?", meinte Felix.

Sie schaute zu Mads hinüber. Sie würden mit den beiden reden müssen. In aller Offenheit.

Weihnachten in Reykjavik?

As weer ik nich alleen?

Mitte September Budapest? Und eine Mail pro Tag?

„Menschen ändern sich nicht, Gesa", hatte ihre Mutter zu ihr gesagt?

Doch allens, wat ik finn, Jehann,

Dat is – ik sta[27] un ween[28].

Nun hatte das Schicksal die Fäden gesponnen und kräftig daran gezogen. Jetzt war Schluss mit Weinen.

Sie sah noch einmal zu Mads hinüber. Er lächelte sie an. Sie lächelte zurück. Irgendwann würde sie ihm erzählen, dass sie wusste von Afghanistan. Sie war an keinen Eid gebunden.

---

[27] nd: stehe
[28] nd: weine

„Auch wir werden ein schönes Fest feiern in Reykjavik, Jan. Fast alle werden da sein. Vielleicht bringt euer Großvater auch noch jemanden mit."

„Wie meinst du das?"

„Das ist eine Überraschung."

Die Katze schnurrte, und Mads fuhr sich mit der Hand ans Kinn. „Nun könnte es doch noch Probleme geben. Die Katze reist ohne gültigen Heimtierausweis, und was das betrifft, da kennen eure Leute kein Pardon."

Danke!

Ich danke Dr. Christina Bachmann, Rotraud Scholz, und Wolfgang Winkler, die mir mit fachkundigem Rat zur Seite standen. Ich danke auch meinen Test-Leserinnen Eva Dietrich, Christa Krause, Karin Meyer und Inge Winkler für ihre interessanten Tipps.

Für die kluge Unterweisung in Sachen niederdeutscher Sprache und Literatur an der Bremer Universität danke ich Ute Schernich.

Mein besonderer Dank gilt unserem dänischen Freund Henrik Bonnesen, der mir ein unverzichtbarer Ratgeber in Sachen dänischer Sprache, Kultur und Lebensweise war und der mein Schreiben mit wohlwollender, konstruktiver Kritik begleitet und korrigiert hat.

Und ich danke meinem Mann Heinz Gerhard für die vielen Anregungen zum Thema „Sport" und für seine große Geduld.

Die meisten Orte sind authentisch. Barkenstedt und die Liebesgrotte in Moesgård habe ich erfunden, den Svanevænget ans andere Ende Juelsmindes verlegt, einen Wald gibt es dort nicht.

In der grenzenlosen Bibliothek des Internets finden sich auch die Werke, aus denen hier zitiert wurde:

Klaus Groth: *Quickborn;* Projekt Gutenberg-DE.

Johann Wolfgang Goethe: „Der Fischer", Projekt Gutenberg-DE.

Es gibt dort auch diverse Fundstellen für H.C. Andersens Märchen *Die kleine Meerjungfrau, Die Schneekönigin, Das hässliche Entlein.*

Hanna Meyer
Jenseits der Flut - Eine Liebe in Prag
Roman

Wenige Wochen nach der Jahrhundertflut des Jahres 2002 reist die Politologin Gesa Jakobsen nach Prag, um sich noch einmal mit ihrem ehemaligen Geliebten, einem dänischen Spitzendiplomaten, zu treffen.
Aus verletztem Stolz hat sie ihm bisher verschwiegen, dass er der Vater ihrer vierjährigen Zwillinge ist. Nun, da es einen neuen Mann an ihrer Seite gibt, will sie endlich Ordnung in ihr Leben bringen. Und dann läuft ihr in Prag der junge Journalist und Kafka-Experte Pavel Klima über den Weg, ein Mann, den ein Geheimnis zu umgeben scheint.

Norderstedt 2015

ISBN 978-3-7392-06035 (Taschenbuch: 8,99€)
ISBN 978-3-7392-8159-9 (E-Book: 5,99€)